이해인

올리베따노 성 베네딕도 수녀회 수녀이자 시인. 1945년 강원도 양구에서 태어나 1964년 수녀원에 입회했다. 1968년 첫 서원을, 1976년 종신서원을 했다. 필리핀 세인트루이스대학교 영문학과를 졸업하고, 서강대학교 대학원 종교학과에서 박사학위를 받았다. 제9회 새싹문학상, 제2회 여성동아대상, 제6회 부산여성문학상, 제5회 천상병 시문학상, 제26회 한국가톨릭문학상 본상 등을 수상했다.

첫 시집《민들레의 영토》를 출간한 이후《내 혼에 불을 놓아》《오늘은 내가 반달로 떠도》《시간의 얼굴》《외딴 마을의 빈집이 되고 싶다》《다른 옷은 입을 수가 없네》《작은 위로》《작은 기쁨》《희망은 깨어 있네》《작은 기도》《서로 사랑하면 언제라도 봄》《이해인 시전집 1·2》《이해인의 햇빛 일기》 등의 시집을 펴냈다. 산문집《두레박》《꽃삽》《사랑할 땐 별이 되고》《향기로 말을 거는 꽃처럼》《기쁨이 열리는 창》《꽃이 지고 나면 잎이 보이듯이》《기다리는 행복》《그 사랑 놓치지 마라》, 시산문집《필 때도 질 때도 동백꽃처럼》《꽃잎 한 장처럼》, 인터뷰집《이해인의 말》 등을 썼다. 옮긴 책으로《영혼의 정원》《모든 것은 기도에서 시작됩니다》《마더 데레사의 아름다운 선물》《우리는 아무도 혼자가 아닙니다》 등이 있다.

사진 **정멜멜**

서울에서 동료들과 스튜디오 텍스처 온 텍스처를 운영하며 사진을 찍고 있다. 국내외 브랜드와 매체, 작가와 디자이너와 함께 다양한 프로젝트를 진행한다. 공간을 이루는 인물과 사물, 그 자리에 감도는 분위기나 여백을 포착하는

소중한 보물들

소중한 보물들

1판 1쇄 인쇄 2024. 6. 4.
1판 1쇄 발행 2024. 6. 18.

지은이 이해인

발행인 박강휘
편집 김성태 **디자인** 박주희 **마케팅** 정희윤 **홍보** 박상연 반재서
발행처 김영사
등록 1979년 5월 17일 (제406-2003-036호)
주소 경기도 파주시 문발로 197(문발동) 우편번호 10881
전화 마케팅부 031)955-3100, 편집부 031)955-3200 | **팩스** 031)955-3111

값은 뒤표지에 있습니다.
ISBN 978-89-349-1692-5 03810

홈페이지 www.gimmyoung.com **블로그** blog.naver.com/gybook
인스타그램 instagram.com/gimmyoung **이메일** bestbook@gimmyoung.com

좋은 독자가 좋은 책을 만듭니다.
김영사는 독자 여러분의 의견에 항상 귀 기울이고 있습니다.

소중한 보물들

이해인 단상집

김영사

다시 시작하는 기쁨으로
다시 살게 하소서。

/ 첫말 /

우리에게 소중한 것은 무엇일까

(소중한 보물들)

사람이 나이 들면 동화를 쓰고 싶어진다는 말이
이해가 가는 요즘이다. 매일 나는 인생의 노을빛
여정에서 이것저것 정리하는 시간을 보낸다.
서랍과 책장에서 뜻밖에 발견한 귀한 편지, 엽서
그리고 사물이 많다. 더러는 여러 문학관에 건네주거나
김천 성의여자고등학교에 기증하고,
더러는 만나는 사람들에게 준다.

나는 내가 받은 선물을 꼭 필요해 보이는 사람들에게
다시 선물한다. 내게 선물한 분이 서운해할 수 있어서,
당신이 준 선물을 다른 사람에게 줘도 되는지 묻고
허락을 받는다. 어느 수녀님은 그런 나를 보고
'선물의 집' 같다고 말했다. 그 말을 들으니 참 기뻤다.

내가 사람들에게 선물하면 그들은 좋아한다. 왜 그럴까?
어린 시절 작은 것에 기뻐하던 순간을 떠올리는 것일까?
세상에 시달리며 살다가 내가 준 선물을 보며
순결하고 순수했던 어린 날을 돌이켜보는 것은 아닐까?
선물은 돌고 돌아 결국 그것이 필요한 사람들에게
돌아가야 빛난다고 생각한다.
돌고 도는 동그란 기쁨!

언젠가 미국에 사는 손님이 해인글방에 왔다.
나는 조개껍데기에 글자를 써 목걸이를 만들어줬다.
그가 진주목걸이를 받은 것처럼 좋아했지.
나는 목걸이를 잃어버려도 괜찮다고 했는데,
그는 "수녀님이 주셨는데 잃어버리면 곤란하다"라고 했지.
그가 조그만 것에 기뻐하는 모습을 보니 나도 기뻤다.

더 갖지 못해 아쉽기보다 더 베풀지 못해 아쉽다.
하루하루 무언가를 채우는 게 아니라
비우면서 충만감을 느낀다.
이것이 내 본래 삶이 아닌가 싶다.
나눌수록 커지는 사랑이 어떤 것인지,
사소한 선물을 나누고 양보하며 배운다.
깊고 넓은 사랑을 키워야겠다.
내가 누군가에게 주는 선물이 보물이 되도록
정성을 들여야겠다. 언젠가 수도 여정을 마칠 때까지
작은 선물을 더 나누는 수도자가 되겠다고
오늘도 겸허히 다짐해본다.

수녀원에 입회한 지 60년이 되는 해다.
그간 내가 사람들과 더불어 살며 소중히 간직하던 것과
그에 얽힌 사연을 이 책에 펼쳐놓는다.
이 책은 일간지에 연재한 글 일부와 '민들레의 영토'
회원들과 나눈 메모, 최근 쓴 일기 부분을 추려 엮은
것이다. 순간순간을 보물로 만들며 살고 싶은
한 수도자의 바람이 담겼다.

매우 분위기 있고 특별한 사진을 만들어준 정멜멜 작가,
아름다운 디자인을 해준 박주희 디자이너
그리고 편집자 신분을 넘어 친척 같은 애정으로
책 만드는 일에 최선의 정성을 다해준 김성태 시인에게
고마운 마음을 전한다. 60년간 나를 받아서
키우고 길들여준 수도 공동체에 감사를 드린다.
지금은 무덤 속에 있는 여러 선배 수녀님과
여전히 같이 사는 여러 선배, 후배, 동료 수녀님에게
말로는 다할 수 없는 고마운 마음을 전한다.
서로서로 동그란 마음이 되도록 동고동락의 수련을 해온
우리는 서로가 서로에게 은인이고 선물이다.

끝없이 동그란 무한대의 하느님 찬미받으소서!

수녀원 입회 60주년
부산 광안리 성 베네딕도 수녀원에서
이해인 클라우디아 수녀

차례

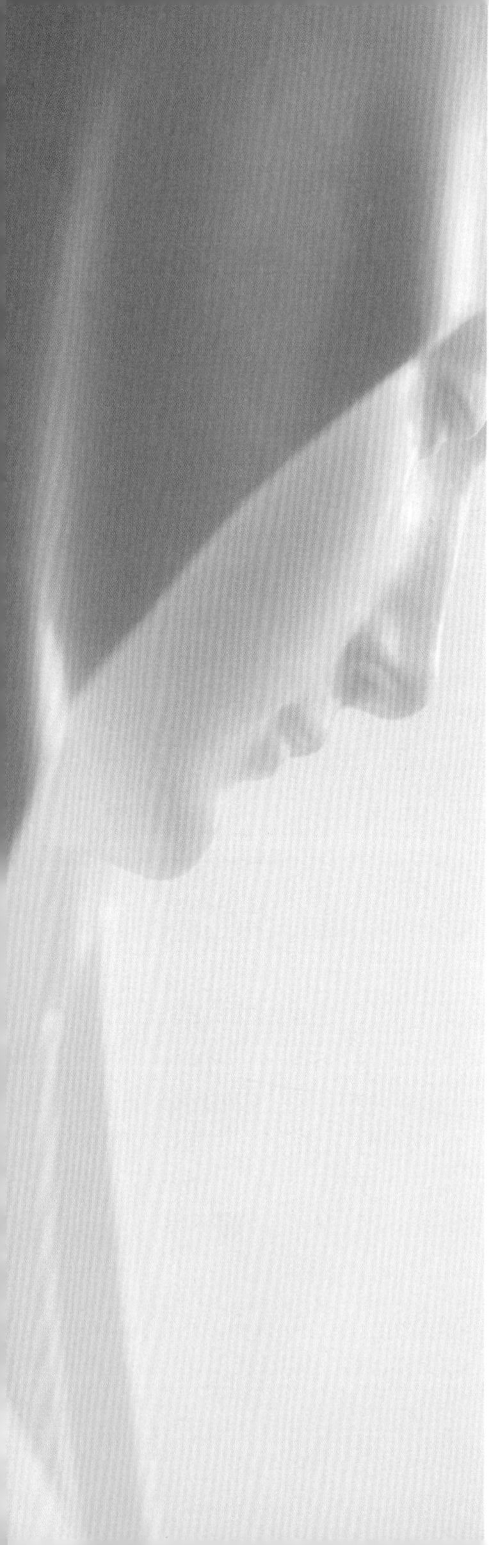

3 수도의 향기로움

언제나
동그란
마음으로

4 생활의 부드러움

안아주기,
사랑하기

5 추억의 아름다움

맑은 물에
닦이고
깎이듯

1 글방의 따사로움

작은 시인의 작은 기쁨

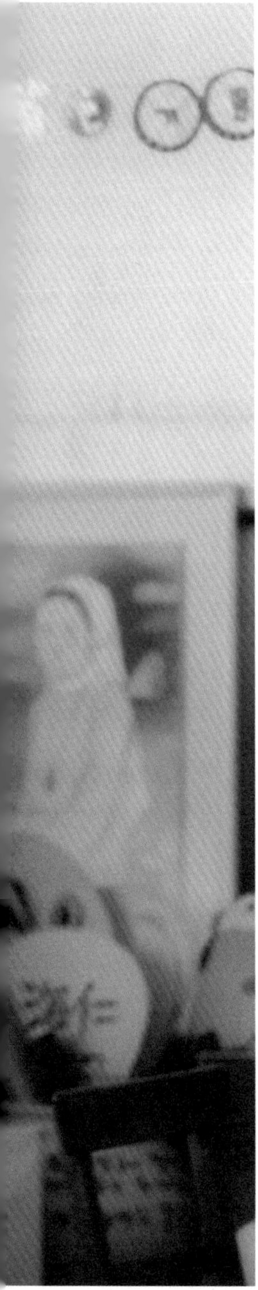

1997년 가을 처음 문을 연 후 이사했다.
'작은 위로방' '민들레방'이라 불렸다. 2000년
유치원 교실을 개조한 이곳에 '해인글방'이라는
문패를 걸었다. 그리고 지금까지 열 평짜리 북카페
같은 글방에 머물며 오전 아홉 시부터 정오까지,
오후 두 시부터 다섯 시까지 시나 편지를 쓴다.
그룹 모임을 하거나 문학 수업도 한다.

오래전 어느 비혼모가 임신중지를 하러
병원에 갔다가 마음을 고쳐먹고
아기를 낳은 후 글방에 찾아왔다.
그녀는 품에 안은 아기의 입양을 부탁하며
눈물을 떨궜다. 나는 그 아기의 이름을 지어주고
어느 천주교 기관으로 떠나보냈는데,
그 아기가 좋은 양부모를 만나 잘 지내고 있다는
말을 누군가에게 전해 들었다.

글방에는 많은 손님의 숨소리와 목소리,
발소리가 스며 있다. 삶을 포기하고 싶다는 사람,
절망에 빠진 사람, 깊은 슬픔에 젖은 사람 들이
이곳에 와서 다시 희망을 품고 집으로 돌아간다.
수도 공동체의 배려로 많은 이웃을 만났다.
그 만남은 종파를 초월한 사랑과 기쁨, 희망의 길을
만들었다. 나는 글방에서 인생의 사계절을 충실히
경험하며 넓어지고 깊어지고 성숙할 수 있었다.

책갈피

(소중한 보물들)

잔디밭에서 깃털을 주워 종종 책갈피로 사용한다. 멧비둘기나
이름 모르는 새의 깃털을 주워 연필통에 꽂아두기도 한다.
이 깃털의 주인인 새는 지금쯤 어디서 무엇을 하고 있을까?
나는 무슨 생각으로 이 깃털을 주운 것일까? 곰곰 생각한다.

등불

(소중한 보물들)

어느 날, 한 사람이 내게 등을 주었다.
등 안에 초를 넣고 불을 붙이면 어두운 둘레가
환해진다. 평소 시가 써지지 않거나 생각이
정리되지 않을 때 등불을 켜면 마음이 차분해진다.
성탄을 앞둔 대림 시기, 수녀원에서는 예수 탄생을
기다리며 밤에 기도할 때 등불을 켠다.
등불을 볼 때마다 고운 갈망을 품는다.
나도 지혜의 심지를 지닌 작은 초가 되고 싶다고.
세상을 밝히는 작은 등불이 되고 싶다고.

사랑의 도구

(소중한 보물들)

손이 아프도록 사인을 자주 한다. 색연필과 스티커를 사랑의 도구로 쓴다. 이름을 적고 색연필로 꽃 한 송이를 그린 뒤, "이 꽃의 이름은 믿음, 소망, 사랑, 행복입니다" 라고 말하기도 한다. 서랍을 정리하면서 보니 종이와 편지, 연필과 볼펜이 어찌나 많던지.
"나는 종이 나라의 공주라 어쩔 수가 없네"라며 변명한다.

요즘도 사인을 원하는 사람들이 심심찮게 글방에 찾아온다. 대체 이름을 종이에 적는 사인이 무어라고. 연예인도 아닌 수도자의 사인에는 어떤 의미가 있는 것일까? 갈등하며 이런저런 생각도 많이 해보았다.

'사인에도 작지만 큰 영성을 담을 수 있겠구나' 하는 결론을 내리기까지 참으로 긴 시간이 흘렀다.
예전에는 습관적으로 무심하게 사인을 했지만, 요즘엔 지향을 지니고 사랑을 담아 화살기도 바치는 심정으로 정성껏 하려고 노력한다.
덕분에 훨씬 기쁘고 작은 보람도 느낀다.

새 책을 계약할 때 계약서에 하는 사인, 우편물을 주고받을 때 하는 사인, 어떤 반대 운동에 동참하기 위해 공동체가 권유해서 하는 사인 등 내가 살아 있는 동안 해야 할 사인은 아직도 많은 것 같다.

병원에 입원한 동안 시티촬영이나 수술 전
긴장하며 하는 사인, 내가 쓴 유언장 공증을 위해
법원에 가서 하는 엄숙한 사인도 해보았다.
그러나 주로 하는 사인은 내가 쓴 책 면지에
이름과 날짜를 적어 기념으로 남기는 것이다.
입고 있는 옷이나 헝겊 가방, 손수건, 부채, 조가비,
휴대전화 케이스에 사인을 해달라고 부탁받을 때도 있다.

아주 짧지만 좋은 글귀와 내 사인이 담긴
종이를 부적인 양 코팅해 수첩에 넣고 다니며
이민 생활이 고달플 적마다 꺼내 보고 힘을 얻는다는
지인의 고백을 들은 적이 있다. 어머니가 자기 이름으로
받은 내 사인이 담긴 책을 보는 순간 눈물이 나더니
그 후로 술을 끊고 주일학교 교사 생활을 열심히 한다는
어느 독자의 고백을 들은 적도 있다.
그런 고백을 듣고 나면 더 정성을 담아 사인을 하게 된다.

한 독자는 내 사인이 들어 있는 책을 사진 찍어 이메일로
보내며 "신문에서 수녀님이 암 투병 중이라는 소식을
보았습니다. 몇 년 전 어느 모르는 청년에게 수녀님이 해준
사인 한 줄이 제 삶을 변화시켰다는 걸 아시면, 작은 위로
라도 받지 않을까 해서 용기를 내어봅니다"라고 말했다.

새 시계

(소중한 보물들)

하와이에 사는 한 소녀가 준 시계가 글방 창 쪽 벽면에 걸려 있다. 매시 정각마다 글방에 새소리가 울려 퍼진다. 한 시에는 북부흉내지빠귀, 두 시에는 검은머리박새, 세 시에는 북부홍관조, 네 시에는 솜털딱따구리, 다섯 시에는 캐나다거위, 여섯 시에는 집굴뚝새, 일곱 시에는 미국지빠귀, 여덟 시에는 멧종다리, 아홉 시에는 아메리카뿔호반새, 열 시에는 댕기박새, 열한 시에는 아메리카꾀꼬리, 열두 시에는 미국수리부엉이가 지저귄다. 오늘 나는 창 안에서 새소리를 들으며 풀밭에 앉은 새 한 마리를 바라본다. 흰 구름도 새처럼 보고 또 본다.

환대에 관하여

하루도 손님이 오지 않는 날이 없다. 내가 오래 알고 지내는 사람뿐 아니라 잘 모르는 사람도 글방에 들른다. 그래서 나는 언제라도 환대할 준비를 해야 한다. 손님이 글방에 방문하면 인사를 나눈 후 시 엽서를 함께 보며 대화하고, 헤어질 때 손님에게 방명록에 메모를 남겨달라 말한다. 거의 모든 사람이 기념사진을 찍고 간다.

대구에서 이틀간 강의하고 돌아온 어느 날, 누구도 만나지 않고 쉬고 싶었는데 80대 두 할머니가 글방에 찾아왔다. 두 할머니는 "부산 온 김에 해인 수녀를 꼭 만나고 싶었다"라고 했다. 미리 약속하지 않으면 만날 수 없다는 경비실의 안내를 받고 돌아서는 길이었는데, 우연히 어느 수녀님이 친절하게 연결해줘 만날 수 있었다. 내가 "곧 낮기도를 시작하니 성당에서 함께 기도하고 근방에서 식사한 후 차 한잔하러 다시 오실래요?"라고 말했더니, 두 할머니는 기적이 일어난 것 같다며 죽어도 한이 없다면서 기뻐하셨다.

"낯선 이를 냉대하지 말라, 천사일지 모르니."
"손님이 오지 않는 집은 천사도 오지 않는다."
글방 곳곳에는 환대와 관련된 격언을 담은 액자가 걸려 있다. 나는 그 격언을 보며 손님들을 차별하거나 무례하게 대하지 않으려 노력한다. 언젠가 바쁘다는 핑계로 젊은 여성의 면담 요청을 거절했다가, 얼마 후 그녀가 돌이킬 수 없는 선택으로 생을 마감했다는 말을 들었을 때 자책하며 슬퍼했다. 다시 되돌릴 수 없다는 후회가 가득했다. 환대의 미덕을 가꾸는 데는 조금의 용기와 너그러움, 지혜로 충분하다.

처음 보는 독자나 이웃이 찾아오면 지키는 내 지침이
있다. 바쁜 중에도 짬을 내되 상대가 눈치채고 미안해할
정도로 부담스럽게 표현하지 않는 것이다.
제복 입은 수도자를 만나는 일 자체가 긴장되는 일일 테니
함부로 훈계하거나 종교적 언어로 가르치려 하지 않는다.
상대가 좋아하는 음악이나 꽃이 무엇인지 물어보며
인간적 대화를 나누는 따뜻함을 지니려 한다.

어떤 힘든 일로 찾아온 사람들은 가끔 안부를 물어
잘 지내고 있는지 확인한다. 그런 사람들과는
단 한 번만 만나지 않는다. 우울증이 도져 죽고 싶다거나
가족과 화해하지 못해 삶에 평화가 없는 사람들에게
나는 내가 아프고 힘들 때 쓴 글을 한번 보라고 권한다.
같이 기도하자고, 큰 도움을 주지 못해 미안하다고
말을 건넨다.

남을 환대하는 것만큼 마음에 들지 않는 나 자신을
환대하는 용기도 필요하다. 시간이 빨리 흘러가 아쉽다고
푸념하기 전, 가만히 다짐한다. 새로운 시간을 반기고
'미리 누리는 천국'을 감사하는 마음으로 살며 웃으리라.

꽃구름

글방 앞 밭 이름은 '꽃구름'이다. 글방 이름을 지을 때 어느 독자가 제안한 '화운재花雲齋'란 이름이 떠올라, 수녀원 내 여러 밭 이름을 지을 때 글방 앞 밭 이름을 꽃구름으로 지었다. 언젠가 노수녀님이 내 생일 선물로 꽃구름 꽃밭에 튤립 두 송이를 심어주기도 했다. 매년 봄이 오면 꽃구름 꽃밭의 작약들이 함박웃음을 지으며 피어나는 모습을 바라보는 기쁨이 충만하다.

좋은 시란 천 사람이 한 번 읽는 시보다
한 사람이라도 천 번 읽는 시다. 수도 생활, 수행자
삶 자체가 시와 비슷하다. 내게 시는 수도자의
삶을 압축해 표현하는 사랑의 기도다.
사계절의 삶을 언어로 풀어내는 노래다.
독자들의 편지를 읽다 보면 시는 작은 위로,
작은 기쁨, 작은 러브레터 같다는 생각이 든다.

좋은 시인은 삶에 시를 채워 남에게 선한 영향력을
주는 언어의 천사다. 사제처럼 아름다운 노력을
하는 삶 속 예술인이다. 남이 발견하지 못하는
것을 보고 예민하게 관찰하는 것. 그것이 시인의
몫이다. 나는 성당에서, 침방에서, 정원에서
그리고 글방에서 시를 빚는다.
나는 한 편의 시처럼 죽었으면 좋겠다.

편지 골목길과 편지 창고

(소중한 보물들)

2020년 가을 마리요엘 수녀님의 도움을 받아 쓰레기장을 편지 골목길로 만들었다. 편지를 모아둔 편지 창고로 가는 길에 독자들이 보내온 편지와 엽서를 걸어두었다. 편지 골목길에는 오래전 어느 사진관에서 받아온 빨간 우체통도 있다. 이렇게 모인 편지와 엽서는 세월이 흐를수록 감사한 추억이 된다.

글방 안 편지 창고에는 세계 각지에서 다양한 사람이 보내온 편지 수천 통이 있다. 답장을 기다리는 사람을 생각하면 내 손이 빠르게 움직인다. 언젠가 교도소에 있는 사형수에게 편지를 보냈는데 그에게 이러한 답신을 받았다. "이모님, 모두 제게 회개하라고 하는데 제 안의 맑은 마음을 꺼내라고 한 분은 처음입니다."

한번은 "살아 있는 것 자체가 힘들어 죽을 맛인데 어째서 희망이라 하느냐"라며 항의하는 독자에게 "고민하고 괴로워하는 것도 일단은 살아야 할 수 있는 것"이라고 정성껏 답변을 보내기도 했다. 사실 힘들고 절망스러운 상황일수록 우리에겐 희망이 필요하고, 이를 의식적으로 일깨워줄 사람도 필요하다.

말씀 뽑기 통

(소중한 보물들)

글방에는 말씀 뽑기 통이 있다. 미국에 살던 동생 로사가 보내준 하얀 번호표 통을 말씀 뽑기 통으로 만든 것이다. 말씀 뽑기 통 1번부터 25번의 문 안에는 좋은 말씀이 적힌 종이가 들어 있다. 손님이 오면 나는 좋아하는 번호를 골라보라고 말한다. 손님은 자신이 좋아하는 번호의 문 안에 있는 종이에 적힌 좋은 말씀을 읽은 후, 지금 자신에게 딱 필요한 말씀이라고 말하며 미소 짓는다. 말씀 뽑기 통은 지루한 삶에 잠시 기쁨을 안겨준다.

평상심

2016년 작고한 신영복 선생님에게 특강을
요청했다. 선생님은 특강을 할 수 없어 미안하다며,
그 대신 '평상심平常心'이란 붓글씨 액자를 글방으로
보내셨다. 평상심이란 매사 흥분하지 않고
물빛 평화를 느끼는 마음 같은 것이다.
매일 새롭게 갈고닦아야 할 덕목이다.

나는 매일 글방을 오가며 붓글씨를 들여다본다.
平常心, 나를 깨우는 글씨다. 추사 김정희의
〈세한도〉에는 이런 글귀가 적혀 있다.
'歲寒然後 知松栢之後凋세한연후 지송백지후조'
"겨울이 되어서야 소나무와 잣나무가 시들지
않는다는 것을 안다"라는 말을 기억하며
나는 늘 푸른 평상심을 키우리라.

열두 알의 편지

(소중한 보물들)

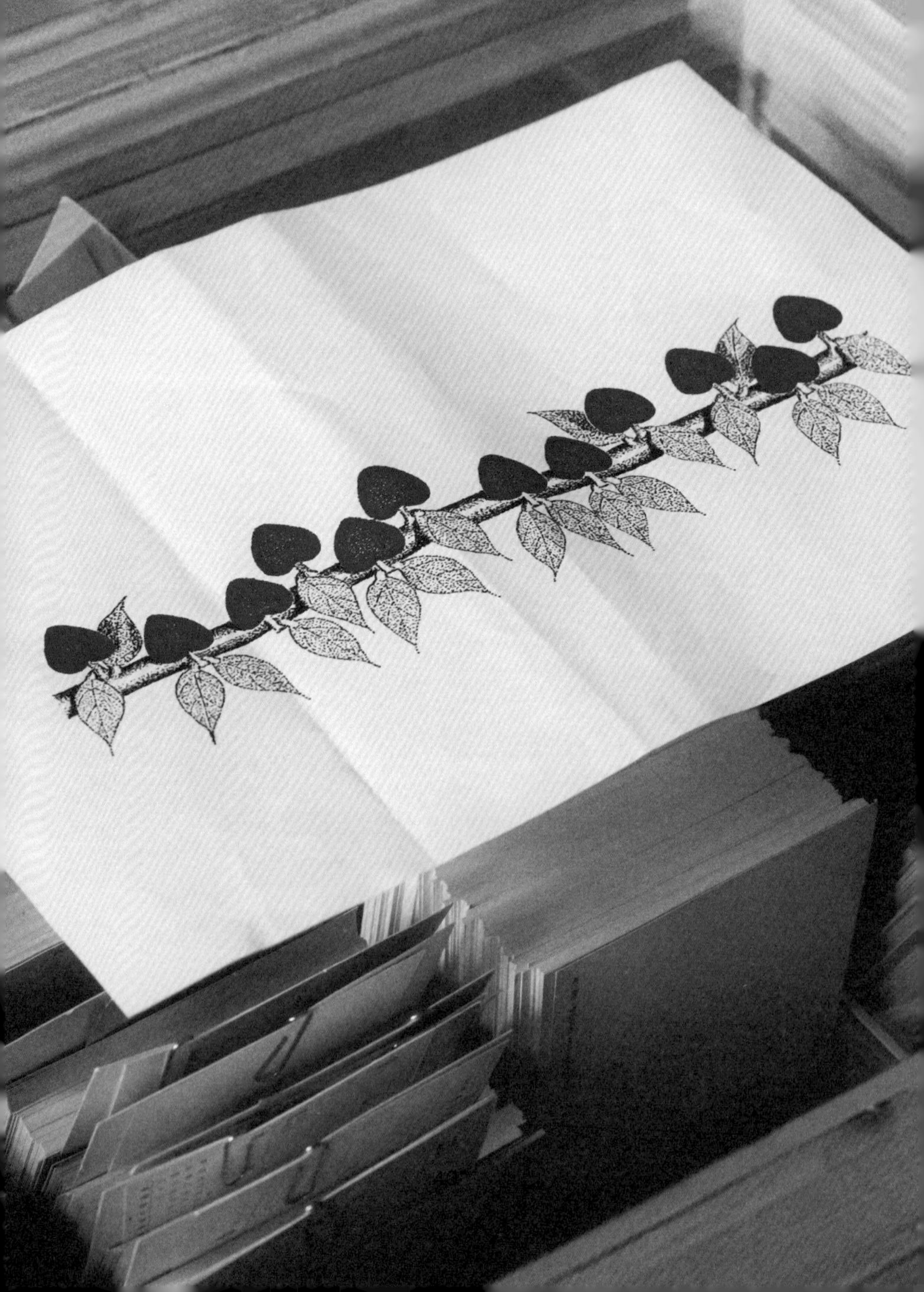

한 사형수가 오랜만에 편지를 보내왔다.
나뭇가지와 나뭇잎에 사랑의 열매가 맺힌
편지지였다. 그는 안녕과 행복을 염원하는 마음을
담아 기도하며 사랑의 열매를 그렸다고 했다.
열두 알의 열매는 예수님의 열두 제자와 사랑으로
가득한 열두 달을 소망하는 그림이라고 했다.
편지지 안에는 대안학교에 다니는 아이들을 위해
만든 성가 〈빛의 자녀들The Children of Light〉의
악보도 있었다.

방명록

(소중한 보물들)

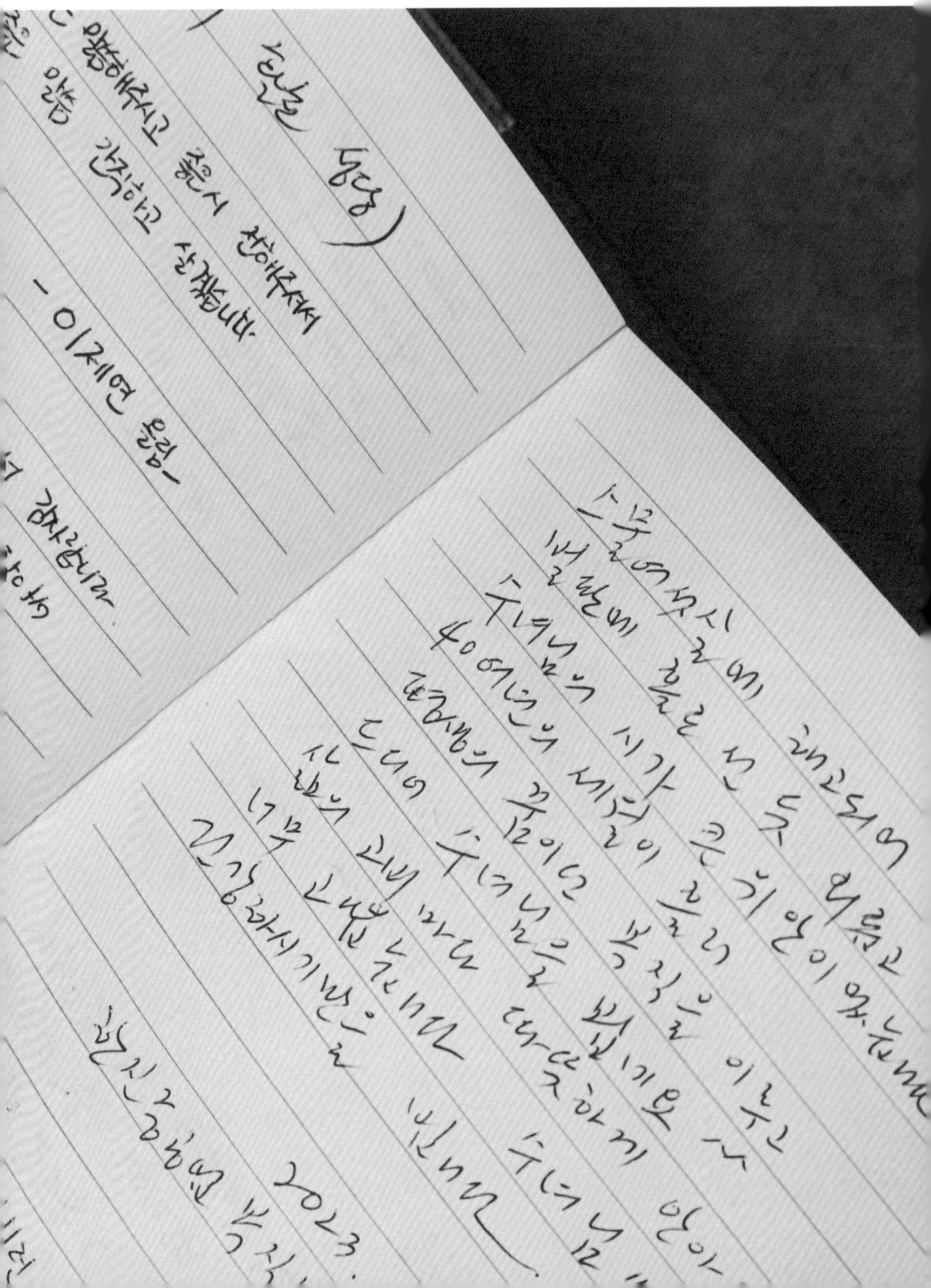

글방에 온 손님들이 남긴 방명록을 보면서 힘과
용기를 얻는다.

2023년 1월 22일 설날,《소금꽃나무》 저자 김진숙
님이 글방에 찾아왔다. 골리앗 크레인 고공 농성
309일간 하루도 빠짐없이 밥을 올려준 황이라
님과 함께였다. 그녀가 해고 노동자에서 평범한
노동자가 되기까지는 무려 37년이 걸렸다.
그녀는 1986년 노동조합 대의원이 된 뒤 유인물을
제작해 배포했다는 이유로 대공분실에 끌려가
고문을 당하고 해고됐다. 그리고 2022년 2월 25일
복직과 동시에 정년 퇴임했다.

지금은 암 투병 중인 소박한 아우 김진숙 님.
집으로 돌아갈 때 방명록을 남겼다.
"스물여섯 살에 해고되어 벌판에 홀로 선 듯
외롭고 막막할 때" 내 시가 위안을 주었다고 했다.
첫 만남이지만 낯설지 않았다. 가는 길이 달라도
서로 통하는 마음이 모여 희망을 만들며, 세상은
조금씩 조화를 이루리라 믿는다. 김진숙 님의
기사와 영상을 찾아보며 오늘도 여러 현장에서
고생하는 이 땅의 노동자들을 떠올렸다.

식물 키우기

(소중한 보물들)

누가 말했다.
"수녀님은 식물을 잘 키우시는 것 같아요."
내가 응대했다.
"글방에 햇빛과 바람이 들어와 잘 자라는 거예요.
글방의 좋은 조건에 사랑의 눈길을 조금 보탠
것뿐이에요."
애착이 강한 사람은 자기가 키운 식물을 다른
사람에게 주지 않겠지만, 나는 식물을 키우면
분가시켜 누군가에게 선물한다.

언젠가 미국 애틀랜타에 사는 독자 회림에게
글방 앞의 분꽃 씨를 선물했다.
그는 자기 집에 분꽃 씨를 심고 나서
분홍 분꽃이 핀 사진을 내게 보내주었다.
식물을 공유하는 것은 생명을 공유하는 것.
갖는 기쁨보다 선물하는 기쁨이 더 크다.

글방에 찾아온 손님의 직업, 나이, 종교를 고려해
무겁지 않은 주제로 대화한다. 여유가 있으면 성당에서
공동기도할 수 있도록 인도한다. 손님이 건네는 선물을
고맙게 받되 더 필요한 곳에 보낸다. 내가 지닌 것 중에
줄 수 있는 것을 정성껏 포장해, 그 위에 지금 이 계절의
꽃 한 송이 얹는다. 선한 마음을 갖도록 좋은 말씀
한 구절을 뽑아서 읽거나 시 한 편을 골라서 낭송한다.
방명록에 한 줄이라도 남겨달라고 부탁한다.
사진을 찍더라도 의미를 담아 찍는다. 손님이
내 사인을 원하면 고운 종이를 찾아 몇 자 적는다.
잠시 만남이지만 우리 만남에 양적 향기가 고이도록
나는 최선을 다해 사랑의 심부름꾼이 된다.

조금의 노력만으로도

(소중한 보물들)

요즘 마음껏 좋아하고 웃을 수만 없는 많은 아픔과 슬픔이 우리를 에워싸고 있다. 때로는 의기소침해지고 절망에 빠지지만 그래도 아직 살아 있는 동안 날마다 새롭게 내가 할 수 있는 작지만 소중한 사랑의 노력을 해야겠다고 다짐해본다.

"수녀님, 택배에 필요한 빈 상자 하나 주세요."
"편지에 넣을 수 있는 예쁜 카드 한 장만!"
"어린이에게 어울리는 책 한 권만 추천 좀?"
"결이 고운 칫솔 없어요?"
"허브 사탕이 꼭 필요합니다."

수녀님들이 글방에 와서 청하면 '뭐야? 여기가 무슨 공급실인가? 맞춤형 선물의 집인가?' 하면서도 귀찮은 내색을 하지 않는다. 오히려 최선을 다해 깊이 숨은 고운 마음을 불러내 수녀 고객님들의 청보다 더 넉넉히 내어주는 애덕愛德을 발휘해 기쁨을 주곤 한다.

조금의 인내와 절제, 조금의 친절과 미소로
삶 속의 봄을 아름답게 꽃피우고 싶다.
조금의 노력만으로도 살며시
행복이 피어나는 소리를 듣는다.

저희 위해 빌어주소서
평화의 모후 마리아여

기쁨 발견 연구원인 내 취미는 참으로 풍성하다. ‘글로 말로 누구를 기쁘게 해줄까?’를 구체적으로 궁리하는 것. 좋은 시나 글귀를 모아 맛을 들이고 만나는 사람에 맞춰 나눠주는 것. 나뭇잎, 꽃잎, 돌멩이, 조가비, 빈 병, 솔방울, 손수건 들을 모아 예술성 있게 작은 선물을 만드는 것. 다양한 스티커를 이리저리 구성해 고운 카드를 만드는 것. 아름다운 풍경이나 마음 따뜻한 사람들의 말을 잊지 않고 적어두었다가 되새김하는 것. 꽃나무 이름을 찾아 공부하는 것. 식물도감에서 꽃나무 이름을 찾지 못했을 때 물어서라도 알아내는 것. 누군가가 내게 무얼 갖고 싶다는 표현을 하면, 잘 기억했다가 어느 순간 깜짝 선물로 주는 것. 모두가 기쁨을 찾는 ‘기쁨이’가 되도록 내 기쁨을 나눠주는 것.

글방 단상

(소중한 보물들)

*

우리, 서로에게 선물의 집이 됩시다.
우리, 서로에게 한 편의 시가 됩시다.

*

15년 형을 선고받은 후
8년째 수감 중인
두 아이의 엄마에게 편지를 쓴다.
마음이 무겁다.
그나마 그녀의 두 딸이 잘 크고 있어 다행이다.

*

2021년 가을,
어느 초등학생에게 받은 편지를 다시 읽어본다.

> 지금 3학년 5반에는
> 귀여운 애벌레 한 마리와 신기한 번데기가 있어요.
> 한 마리는 나비가 되어서 멀리멀리 훨훨 날아갔어요.
> 저는 그 나비가 잘 살았으면 좋겠어요.
> 수녀님, 저는《감사하면 할수록》이라는 책을 읽고
> '나를 슬프게 하는 것을 감사하게 생각하자'라는
> 다짐이 생겼어요.

고사리손으로 편지를 썼을 그 마음이 맑고 예쁘다.

*

글방을 반나절 보조하던 수녀님이 도서실 소임을 맡게 되어
손님을 맞이할 때 더 분주하다.
이제는 나도 육체의 한계를 느끼는
노년의 수녀인 게 확실하다.
기억력이 떨어졌을 뿐 아니라
상황 판단력도 흐려졌다.
"부품을 오래 쓰면 낡고 고장이 나는 게 당연하지" 하시던
법정 스님의 말씀이 생각난다.
그래도 명랑 모드를 유지해야지.

*

서산시립도서관 사서가 메일로
94세 어르신이 쓴 시 편지를 보내주었다.
"당신은 아름다운 시인인가.
내 마음 애타고 흐느끼게 하는
요술쟁이인가, 선녀 천사인가"로 시작하는
시 편지에서 우리네 첫사랑 소년이 보인다.
순정이 느껴진다.

*

미국에서 온 손님인 열 살짜리 유나 소녀가 곱게 접은
종이꽃을 내가 유리병에 꽂아두니,
아이가 보면서 흐뭇한 미소를 지었다.
췌장암으로 투병 중이던 이모할머니 수녀님에게
어쩌면 마지막이 될 수도 있는 인사를 드릴 겸

아이는 엄마와 함께 수녀원에 왔다.
아이는 이탈리아계 미국인 아버지보다
한국인 엄마를 더 닮았다.
머리도 얼굴도 동양적이고 분위기가 다소곳했다.

빨리 저세상으로 가고 싶다던 베닉나 수녀님은
유나 이야기를 하면 금방 표정이 밝아지곤 했다.
호스피스 병동에 있다가
잠시 본원 병실로 오신 수녀님에게
나는 유나 이야기를 하며
그 아이가 남긴 방명록의 글을 읽어주곤 했다.
"수녀원에서 점심도 같이 먹고 선물도 주시고,
소중한 순간을 만들어주신 수녀님께 감사한다"라고
그 아이는 그림을 그리고 영어로 글도 남기고 갔지.

*

꽃들을 버리기 아까워 자주자주 말린다.
마른 꽃으로 카드를 만든다.
나는 그림을 잘 그리지 못하지만
장미나 안개꽃, 모란 꽃잎으로 디자인한 편지지에
편지 쓰는 일이 즐겁다.
스티커나 조그만 조가비를 이용해 카드를 만들 때는
디자이너의 재능이 부럽다.
편지지, 메모지, 포장지를 만드는
디자이너가 되는 꿈을 꾼 시절도 있었지.

*

여느 때보다 더 사랑하고 기도를 드려야 하는
12월에는 공연히 몸과 마음이 바빠진다.
성탄 맞이 대청소도 해야 하고,
멀리 있는 친지들에게 축하 편지도 써야 하고,
은인들에게 선물할 과자도 구워야 하고….
같은 시간인데도 12월의 시간은
어찌 이리도 빨리 흐르는지 모르겠다.

12월에는 내 자그만 글방에도
찾아오는 손님이 부쩍 많아지는데,
그만큼 사진을 찍거나 책에 사인하는 일이 잦아지니
꿈속에서도 사진을 찍고 사인하는 내 모습을 본다.
메일을 확인하려고 컴퓨터를 켜면
디스크 공간이 필요하다는 경고창이 뜨고,
정리하려고 작업실을 둘러보면
틈틈이 모아둔 조가비와 솔방울,
빈 병과 상자가 어찌나 눈에 많이 띄는지.
평소 제때 정리하지 않고 살아온 내 모습을 반성한다.

코로나-19를 앓고 부쩍 입맛을 잃어
풋고추와 멸치를 잘게 다진 뒤
간장과 물을 넣고 팔팔 끓여
일명 '고추멸치간장'을 만들어 병에 담아두었다.
밥에 비벼 먹으면 입맛이 돌아올 것 같아서다.

요즘은 규칙적으로 꾸준히 먹던 약도
먹기가 싫어져 고민인데,
곁에서 일일이 챙겨주는 수녀님들이
약을 먹었느냐고 묻는다.
환자의 식사를 챙기고 돌보는 힘든 소임을 하면서도
미소를 잃지 않는 후배 수녀님들을 보며
마음을 고쳐먹곤 한다.

"하고 싶지만 하지 말아야 할 일들과
하기 싫지만 해야 할 일들을
잘 분별할 용기를 주소서."
기도하는 마음으로 하루 여정을 다시 시작한다.

2 생명의 신비로움

꽃향기를 맡으면 꽃사람이 되지

동백꽃을 사랑하며

(소중한 보물들)

한겨울에 활짝 핀 동백꽃을 바라보면 우울한 표정을 지을 수가 없다. 동백꽃의 꽃말은 은근한 설렘을 준다. '기다림' '애타는 사랑' '누구보다 그대를 사랑한다.' 동백꽃을 바라보며 나도 동백꽃처럼 열정을 품고 명랑하게 일상의 언덕을 올라가야겠다고 다짐한다.

시들기도 전 통째 떨어진 동백꽃을 줍는다. 동백꽃 한 송이를 손님의 외투 포켓에 넣어준다. 예쁜 브로치 대용이다. 때로는 동백꽃 한 송이를 물컵에 담아둔다. 투명한 물컵에 담긴 동백꽃은 타지 않는 기쁜 불빛 같다.

태산목

수녀원 둘레에 떨어진 태산목의 마른 열매를
줍는다. 태산목은 잎이 크고 꽃도 하얀 목련을
닮아 우아하다. 화려한 흰 꽃을 떨군
태산목의 열매를 보니 소명을 다한 뒤의
쓸쓸함이 느껴진다. 모든 것에는 다 때가 있다.
꽃이 피고 진 자리엔 열매가 달리고, 또 시간이
흐르면 다시 싹이 트고 꽃이 핀다.
나무의 일생을 돌아보며 인생을 묵상한다.

민들레 홀씨

(소중한 보물들)

어디든 마다하지 않고 피어나는 넉살 좋은 민들레.
사랑은 멀리 갈 수 있음을 무언無言으로 노래하는
민들레. 돌 틈에 피어난 민들레는 말하지.
'힘들게 피어나는 나를 짓밟진 마세요.'
한곳에 안주하지 않고 바람에 흩날리는 민들레
홀씨는 순례자 같지. 자유롭게 날아다니는
천사 같지. 작은 위로와 작은 사랑이 민들레
솜털처럼 날아가 누군가의 마음에 꽃으로
피어나기를.

솔방울

(소중한 보물들)

수녀원에 떨어지는 솔방울은 어찌나 깨끗한지!
종소리를 들으며 우리와 함께 기도해서 그런가?
수녀원 입구 언덕에 솔방울이 모여 있네.

나는 아픈 다리를 다독이며 바구니를 들고
솔방울을 주워 담네. 솔방울을 코에 대고
솔숲 향기를 느끼네. 조가비를 지니고 있으면
바다를 지닌 것 같고, 솔방울을 지니고 있으면
산을 지닌 것 같네.

어느 날, 동기 수녀님이 말했지.
"내가 수녀님 축일 때 따로 줄 것은 없고,
솔방울에 색을 입힌 걸 줄게."
나는 "정말 고마워"라고 인사했지.
솔방울을 주워 담다 보니 기쁜 새봄을 맞고 싶다는
생각이 드네. 여생을 재밌게 살아야겠네.

한 평 꽃밭

환우 수녀님들은 소일거리로 텃밭이나 꽃밭을
일군다. 한 평짜리 조그만 꽃밭은 정겹다.
그 꽃밭을 볼 때마다 빙긋이 미소가 흐르고
내 마음속에 들여놓고 정성껏 가꿀 생각에
환희심마저 생긴다. '꽃밭을 잘 가꾸려면 잠시
머물 고통과 어둠도 잘 견뎌내야지.'
단단한 결심을 봉헌한다. 정말이지
일상의 기쁨을 충전하는 방법은 멀리 있지 않고
우리 가까이에 있다.

2 생명의 신비로움

꽃향기를 맡으면 꽃사람이 되지

텃밭

(소중한 보물들)

수녀원 내 밭 이름은 모두 정겹다. 모퉁이네, 대롱이네, 무럭이네, 희망이네, 연두네, 보라네, 신선하네, 쑥쑥이네, 알아크네, 잘자라네. 밭에서 먹을 것이 나온다. 흙에서 싹이 트는 고마움! 눈부신 기적이여! 밭에서 나오는 것은 흙이 쓰는 시다. 우리 집 밭 채소들이 식탁에 놓일 때마다 속으론 감동하고, 겉으론 감탄사를 연발한다. 텃밭이 주는 늘 푸른 행복이여!

나무들의 이사

(소중한 보물들)

"안정원의 올리브나무는 남쪽 밭으로 옮기고, 기쁨의 집 앞의 등나무는 문제가 있어 뽑아내고 그 자리에 키위를 심습니다"라는 알림 글을 보니 어찌나 서운한지! 얼른 그 자리로 가서 사진을 찍었다. 오며 가며 바라보면서 정든 나무들이 한순간에 사라진다니? 언젠가 빨래터에 있는 밤나무가 베어져 엉엉 소리 내어 운 적이 있다.

나무 한 그루와의 이별도 이리 서운한데, 같이 살던 사람이 저세상으로 떠난 뒤의 허전함과 쓸쓸함은 아무리 잊으려 해도 오래가는 슬픔이다. 올해 1월에서 3월 사이에 수녀님 네 분이 떠났다. 그들의 웃음소리와 말투, 평상시 행동이 생각나 자주자주 그리움에 젖는다.

노수녀님의 감탄사

(소중한 보물들)

꽃밭을 돌보다 넘어져 뼈를 많이 다친 뒤 병원에
가서 팔에 깁스하고 온 90대 이냐시아 수녀님.
이냐시아 수녀님이 간병 수녀님의 부축을 받고
산책하다 "세상에, 세상에!" 하며 감탄사를
연발한다. 벌써 몇 번째 넘어진 꽃밭에 다시 오고
싶지 않을 법도 한데, 꽃들만 보면 미소가 흐르고
삶의 의욕이 생기나 보다. "이젠 구경만 하세요.
손질은 안 됩니다"라고 곁에서 말하니, 이냐시아
수녀님이 하는 수 없이 고개를 끄덕인다.
그 모습에 내 마음 한편이 짠하다.

새가 되어 새로이 떠나려는

(소중한 보물들)

봄이 점점 깊어지면 진달래, 개나리, 라일락, 수선화, 튤립, 제비꽃 등 온갖 봄꽃이 피어난다. 여기에 흰 나비와 벌이 날아오면 얼마나 즐겁고 황홀한지 모른다. 게다가 여기저기 새들의 합창도 들려오니 '여기가 바로 천국이네' 감탄이 절로 나온다. 평소 자주 보긴 힘든 새 후투티가 날아와 한참을 놀기에 자세히 들여다본 적이 있다. 북미 원주민 추장의 장식용 깃털 같은 깃과 줄무늬 날개가 내 눈길을 사로잡아 오래도록 시선을 떼지 못했다.

두 다리가 아파 걸음이 불편하고 기억력이 자주 가출해 머리도 무거운 노년을 살다 보니, 새의 가벼운 몸짓이 더 부럽고 신기해 그들의 날갯짓을 물끄러미 바라본다. 지인들도 산책하다 특별한 모양의 새를 보거나 어디선가 새가 알을 낳은 모습이 눈에 띄면 꼭 사진을 찍어서 보내준다. 조류도감이나 새 그림을 담은 책을 옆에 두고 그 이름을 오랫동안 찾아보지만, 알아내지 못해 안타까울 때가 많다.

혈압을 재고 혈당 수치를 확인하지 않으면 안 되는 환자로 사는 지금, 무게를 줄이려 음식을 절제하는 것도 쉽지 않아 고민이 많은 지금, 마음껏 가볍게 날아다니는 새들을 보면 부럽다. 새처럼 가벼운 몸과 발걸음으로 일상을 경쾌하게 사는 동료들을 부러운 눈으로 바라보며 결심해본다. 더 이상 나를 타성에 맡기지 않고 새로운 마음으로 하루를 잘 비행하는 수행자가 되리라! 희망의 날갯짓을 하는 새 한 마리가 되어보리라!

잎사귀

필리핀 세인트루이스대학교에서 공부하던 시절,
식물학 수업 시간에 잎사귀를 관찰하여 그리곤
했다. 담당 교수님에게 잘 그렸다는 칭찬을 들었다.
그림 그리기에 소질은 없었으니 아마 잎사귀를
오래 들여다보며 정성을 다해 그렸기 때문이리라.
여전히 나는 잎사귀에 관심이 많다. 생김새가 다른
생명과 운명이 잎사귀에서 웃고 있다.

만세선인장

어느 독자가 택배로 보내준 만세선인장이
만세를 부르며 나를 반긴다. 오늘도 내일도
인내의 승리자 되라고 두 손을 들고 인사한다.
큰 화분에 옮긴 후 더 잘 큰다.

인내의 별

노인대 수업 시간에 다육이를 심었다. 이름도 정하라기에 나는 '인내의 별'이라고 지칭했다. 참지 않으면 십중팔구 인간관계를 그르친다. 어떤 일을 참기 힘들 때 나는 언젠가 맞이할 내 죽음을 떠올린다.

목화

(소중한 보물들)

9월에는 목화꽃이 핀다. 목화는 꽃을 떨군 후 '다래'라는 열매를 맺는다. 그 다래가 익고 성숙하면 10월 말 하얀 솜꽃을 터트린다. 그래서 사람들은 목화가 꽃을 두 번 피운다고 얘기한다. 솜이 꽃이라니 볼수록 신기하지 않은가.

생명 단상

(소중한 보물들)

*

오늘의 속 뜰을 잘 가꾸며
서로 먼저 챙기고 배려하는
꽃님들이 되시옵소서.

*

대축일마다 수녀원 식탁에 놓인 화병에
각양각색 꽃들이 꽂히는데,
강아지풀이 꽂혀 있어 기뻤다.

*

꽃들은 곱게 피어나는데
새들도 봄이 왔다고 지저귀는데
우리가 사는 세상에는
전쟁과 분열이 끊이질 않으니 슬프다.
우크라이나에서 무참히 죽어간 희생자들,
가족과 헤어지는 사람들을 보는 일이 괴롭다.
한국전쟁의 상흔이 깊숙이 박혀
아직도 종종 칙칙한 방공호 안에 있는
어두운 꿈을 꾸는 나는 더욱!

*

등꽃이 피는 방향을 보면 겸허해진다.
땅을 향한 등꽃의 겸손을 배운다.

*

묵언 수행하는 꽃들의 침묵만큼
분위기를 명랑하게 만드는
즐거운 수다쟁이 영성도 필요하다.
그래서 나는 꽃들에게 침묵을,
새들에게 노래로 말하는 법을 배운다.

*

꽃잎에 맺힌 빗방울을 보며
기도하고 싶은 날이 있다.
비가 많이 내린 후,
명자나무에 물방울이 맺혔다.
또르르 떨어질 듯한
진주 물방울 한 방울.
내 눈물 한 방울.

*

입춘이 지나고 나면
꽃망울을 터뜨리는 2월의 매화가 봄 인사를 한다.
여러 그루의 매화나무와 친하게 지내면서
자주 눈인사를 나누기도 하고
꽃이 질 무렵엔 한 잎을 떼서
찻잔 위에 띄워 향기를 맡기도 한다.
자세히 들여다보면
꽃술이 얼마나 섬세하게 아름다운지 모른다.

매화의 꽃말은 '고결' '충실' '인내' '맑은 마음'이라니,
이 또한 귀하게 기억한다.
2023년 '생태영성을 찾아서'라는 주제로
연피정(수녀원에서 1년에 한 번씩 하는
8박 9일의 침묵 피정)을 하면서,
'우리의 지구를 위한 기도'
'생태계 보전을 위한 기도'에도
좀 더 마음을 담아야겠다 결심했다.

"사랑의 선물로 주신 이 생태계를
저희의 이기심과 무관심으로
소홀히 하였음을 뉘우칩니다."
"오염과 파괴가 아니라
아름다움을 이 세상에 심을 수 있도록
저희의 삶을 치유해주소서."

바라봄, 찬미, 아파함, 친교, 존중, 책임, 살림,
이 일곱 가지 주제의 영성을 공부하면서
지도신부님이 들려준 체험담에도 공감했다.
큰 주제인 지구와 자연을 공부하다 보니
차츰 안목이 넓어져
어쩌다 생기는 인간관계에서의 갈등이나
오해는 극히 사소하게 여겨지고
괘념치 않게 되더라는 말씀이었다.
그 말씀을 되새기며
마음 넓은 지구민이 되고자 한다.

*

석류는 참 곱기도 해라.
나도 기회 봐서
한 알 따 먹고,
석류 미녀 될까 보다.
마음이 석류처럼 익어서
기쁨이 될 좋은 문장 발견하네.

*

호박은 둥글어야 보기 좋다.
갸름하고 길쭉한 호박은
뭔가 무섭다는 수녀님들.
호박처럼 둥글둥글
넉넉한 웃음을 지으며 지내보자.

*

사람들은 왜 물든 나뭇잎을 좋아할까?
고운 단풍 실컷 보고 마음까지 물들어서
더 아름다운 사랑을 하고 싶은 것일까?
예쁜 단풍이 사랑을 물들이네.

*

설거지하다 가을옷으로 갈아입은 느티나무를 보고
“노란 옷을 입었다”라고 말하니
“혹시 영양실조 아니야?” 하는
선배 수녀님께 내가 잔소리를 좀 했다.

*

수녀원 묘소로 가는 길에
가지 잘린 나무가 있다.
내게 무슨 말을 하는 것 같은데
해독하지 못했다.

*

그냥 지나칠 수 없는 꽃과의 인사.
꽃향기를 맡으면 꽃사람이 되지.
꽃과 꽃 사이 놓인 층계를 내려가면
나도 꽃이 되는 거라 믿고 싶네.

*

하얀 나비야,
조그만 풀포기도 기억해주니 고맙구나.
다시 찾아줘 고맙구나.

3 수도의 향기로움

언제나 동그란 마음으로

성모상

(소중한 보물들)

수도 공동체 안에서 소통이 안 될 때, 선입견으로 오해를 받을 때, 마음의 균형이 깨질 때, 사소한 일인데 이기적 행동을 했을 때, 평화에서 멀어질 때 내 부덕함을 견디기 힘들다. 그럴 때 내가 자주 가는 곳이 있다.

수녀원 로사리오 정원 뒤편 성모상이 있는 곳.
그 성모상은 본래 로사리오 정원 입구에 있었는데, 로사리오 정원 입구에 딸을 잃은 어느 어머니가 봉헌한 큰 성모상을 모시면서 뒤편으로 자리를 옮겼다. 나는 겸손한 자리에 계신 성모상 앞에서 온유한 지혜의 덕을 주십사 청하곤 한다.

우리 집

(소중한 보물들)

서로 혈친血親으로 연결되진 않았으나 수도원에서 함께 살아가는 우리는 서로를 가족이라 부른다. 아침에 같이 일어나고, 같은 식당에서 밥을 먹고, 같은 시간에 기도하고 일하는 우리는 또 하나의 가정 공동체다. 그렇게 우리는 사랑을 배우고 익히며 서로의 성숙을 돕는다. 이 사랑은 수도원을 넘어 세상을 향해 퍼져가고, 우리는 세상 모든 사람을 가족으로 품어 안는 넓고 깊은 사랑의 주인공이 되고자 한다.

지금 나는 120여 명의 수녀님과 함께 부산 광안리 본원에서 살고 있다. 각자 자라온 배경도 고향도 성격도 모두 다르지만 한 식구로 정답게 잘 지내고 있다. 어떻게 하면 함께 사는 이들을 기쁘게 해줄 수 있을까 궁리하면 일상의 삶에 탄력이 생긴다.

날마다 명단을 보고 또 보는 것이 어느새 소중한 취미가 되었다. 가만히 이름을 들여다보면 그 이름의 주인공에게 필요한 기도 제목이 떠오르기도 하고, 그가 무심결에 불쑥 갖고 싶다고 말한 어떤 물건이 떠올라 구할 때도 있다.
또 최근 직면한 몸과 마음의 아픔을 감지하고 부랴부랴 위로의 글을 준비할 때도 있다.

"사랑은 가족부터 시작합니다. (…) 우리 가족 안에
대단히 불쌍한 사람이 있는데 우리가 그들을 몰라보고
있는지도 모릅니다. 우리는 미소를 지을 시간도,
서로 이야기할 시간도 없이 지냅니다.
먼저 우리 가정에 사랑과 자비심을 가져옵시다."
함께 사는 수도 가족에게 둥글고 고운
수국 한 다발 바치는 마음으로
고故 마더 테레사 수녀님의 말씀을 묵상한다.

"위대한 사랑의 실습장인 가정은 첫 번째 학교다.
가정이야말로 사람들이 생생하게 경험하며 사랑을
배우는 영구적 학교다"라고 역설한
고故 요한 바오로 2세 교황님의 어록도 되새김한다.

3 수도의 향기로움

언제나 동그란 마음으로

이별학교 학생이 되어

(소중한 보물들)

며칠 전, 두 수련수녀의 첫 서원식에 하객으로 참석했다.
서원식에서 만난 부산교구 어느 사제의 동생이 대전교구
사제인 게 문득 생각나 "그분도 잘 지내시겠지?" 했더니
옆에 있던 수녀가 "지난해 말에 돌아가신 걸 아직 모르나
보네?" 했다. 요즘 눈만 뜨면 세상 떠난 이들의 소식을 들으니
마음이 울적해 이별학교 학생이 된 심정으로
시를 쓰기도 했다.

"이젠 살아온 날보다 살아갈 날이 더 짧은 우리야."
"거의 매일 누군가의 죽음 소식을 들으니 정신이 하나도 없네.
한 사람을 위한 기도를 다 바치기도 전에 또 다른 소식이
기다리고 있으니 어쩌면 좋담?"
나직이 주고받는 푸념이 허공을 떠다닌다.
조카가 젊은 나이에 갑자기 심장마비로 죽었다는 소식을
들은 어느 이모 수녀님의 모습에도, 병환 중이던 부모님의
별세 소식을 듣고 며칠간 장례식에 다녀온
수녀님들의 얼굴에도 하얀 슬픔이 가득해 보인다.

병원에 가는 날, 차트에 적힌 내 이름과 생년월일을 유심히
들여다보며 여러 생각을 한다. 피검사 하러 채혈실에
들어가도, 엑스레이 찍으러 영상실에 들어가도 "이름은?"
"생년월일은?" 하고 묻는다. 주민등록번호 앞자리를
불러주다 도무지 실감 나질 않는 내 실제 나이를 가늠하며
놀라곤 한다. 우리가 살아 있다는 것은
이름과 생년월일을 재확인하는 것임을 다시 깨닫는다.

병원이라는 학교에 자주 들락거리는 환자지만,
이제는 이별학교에도 정식 등록한 학생이 되어 충실하게
수업받고 싶은 생각이 든다. 지금도 병상에서 힘겹게
투병하며 가족, 친지와의 이별을 조금씩 앞당겨 준비하는
고통 속의 환우들을 기도 속에 기억해본다.
"오늘은 어제 죽은 이가 그토록 살고 싶던 내일"이었음을,
"오늘 이 시간은 내 남은 시간들의 첫 시간"임을
잊지 않으면서 겸허하고 성실한 마음으로
두 손 모은다. 너무 서두르지 말고 차분하게,
호들갑스럽지 않고 담백하게 이별 연습을 해야겠다.

인생의 이별학교는 우리에게 가르친다.
모든 것은 언젠가 다 지나간다는 것을,
삶의 유한성을 시시로 절감하며 지금 주어진 순간에
최선을 다해야 한다는 것을, 최선을 다한다는 것은
결국 많이 감사하고 자주 용서하는 일이라는 것을,
잘되지 않더라도 의식적으로 옆 사람을 먼저 배려하는
깊고 넓은 사랑을 배워야 한다는 것을.
그것이 어느 날 찾아올 진짜 마지막 이별을
순하게 맞이하는 길이라고 말이다.

장독대

장독대의 항아리 속 된장과 고추장, 간장은 어두운 곳에서 향을 품고 숙성된다. 수도자의 삶과 닮았다. 나는 "간장을 뜨면서/ 침묵의 세월이 키워준/ 겸손을 배우고// 고추장을 뜨면서/ 맵게 깨어 있는 지혜와/ 기쁨을 배우고// 된장을 뜨면서/ 냄새 나는 기다림 속에/ 잘 익은 평화를 배우네" (〈장독대에서〉 부분, 《작은 위로》, 열림원, 2002년)라고 썼다. 장독대의 항아리도 잘 익어 어느 순간 텅 빈 기도를 바친다. 나는 장독대에서 잘 익은 평화를 배운다. 어쩌다 우울하고 힘든 일이 생길 적엔 우두커니 장독대 곁에 서서 광안리 바다를 바라본다.

종탑

(소중한 보물들)

말하기 전에 듣게 하는 종소리!
마음 깊은 곳에서 종소리가 울리는 날이 있다.
생명의 빛을 향해 높이 있는 종이 그리운 날이
있다. 한때는 아침 여섯 시, 점심 열두 시,
저녁 여섯 시, 하루 세 번 삼종기도를 위한
큰 종을 쳤다. 요즘은 동네 사람들의 민원으로
점심, 저녁에만 큰 종을 친다.
큰 종소리는 주님의 부르심으로 느껴진다.

일을 멈추고 하늘을 바라보게 하는 종소리!
맑은 종소리를 들으며 새, 꽃, 나무 그리고
내 마음이 큰다. 오직 사랑과 기도만이 중요하다는
것을 깨우치는 종소리! 수도 여정을 마치면
수련수녀가 서른세 번 조종을 친다.
언젠가 내가 죽어 울리는 종소리에 꽃들이 우는 게
아니라 웃도록 수도 여정을 잘 끝마치고 싶다.

뒷모습

(소중한 보물들)

기도하는 수녀님들의 뒷모습을 가만히 바라보면 마음이 겸허해진다. 지금 나는 손님이 찍어준 앞모습보다 뒷모습이 좋아 보이는 노년을 살고 있다. 기도하는 이들의 앞모습보다 왠지 뒷모습이 아름답다고 느낀다. 몸이 불편해 휠체어를 타거나 자세가 틀어져 지팡이나 보조기에 의지해 천천히 성당을 향해 가는 수녀님들의 뒷모습은 눈물겹게 아름답다.

언덕방

(소중한 보물들)

오래전 내가 이름 지은 접견실인 '언덕방言德房.'
성당 아래쪽에 있는 방. 최소한의 것만 갖추고
있어도 나직하고 고즈넉해 혼자 묵기에 넉넉하다.

많은 손님이 이곳을 다녀갔다. 고故 박완서
소설가도 생전에 가끔 들러 며칠씩 묵었다.
아들을 잃은 그녀가 회복을 경험한 공간이기도
하다. 그녀는 〈언덕방은 내 방〉이라는 글에서
언덕방이 있음에 감사하며 이곳을 생각하면
'깊은 평화'가 찾아온다고 했다. 김용택 시인
부부도 하룻밤을 머물렀다.

언덕방에 손님이 오면 "왔어요?" 하고 정겹고
친절하게 손님을 맞아주던 김예숙 분다 수녀님이
떠오른다. 우리 집에 없어서는 안 될
환대의 장소인 복과 덕을 짓고 나누는 방.

수도원의 복도와 층계

(소중한 보물들)

예비 수녀 시절, 자주 걸었던 복도. 수녀원 복도는 내가
가끔 울기도 했던 곳이다. 이곳에서 어쩌다 만난 동료와
이야기를 하다가 선생 수녀님에게 꾸지람을 들은 적도 있고,
복도를 걷다가 멈추고 창밖의 장미를 보다가 혼나기도 했다.
침묵과 정적이 흐르는 수녀원 복도를 거닐고,
층계를 오를 때면 삶의 모습도 새롭게 움직인다.

두 무릎을 수술한 뒤 자주 다리가 아프지만
날마다 층계를 오르내리는 일은 그 자체로 내 삶에 탄력을 준다.
성 베네딕도 규칙서에 있는 '겸손의 열두 단계(수도승이 마음뿐
아니라 몸으로도 자기를 보는 사람들에게 항상 겸손을 드러내는 것)'를
조금이라도 더 실천하려는 수행자의 열정도 새롭게 만든다.

층계 위 구름다리 통로를 따라 걸어가다
'바다, 산, 숲' 정원에서 주님의 현존을 느낀다.
시로 사랑의 이음 다리 역할을 하는 수녀의 소임을
되새긴다. 지금은 세상에 없는 선배 수녀님들이
통증을 달래려 잠옷 바람으로 서성이던 모습이
간혹 떠오른다.

미관에 좋지 않다며 구름다리 설치를 반대한
수녀님들도 있었지만, 이 다리가 없으면
노수녀님들은 성당에도 식당에도 가기 힘들다.
하루에도 여러 번 오가는 구름다리 길을 나는
좋아한다. 모든 인간관계에도 서로를 잘 이어주는
지혜의 다리가 필요하다.

창

커다란 수녀원 집 곳곳엔 창문이 어찌나 많은지 청소 한번 하려면 시간이 많이 들고 육체적으로도 힘들다. 투명 유리창에 새들이 머리를 부딪친 적도 있고, 새가 복도 안으로 들어와 놀다간 적도 많다. 나는 가끔 창문 너머로 고운 새를 키우는 숲을 바라보거나, 어둠을 몰아내는 부활의 아침을 상상하며 긴 복도를 거닐면서 생각에 잠긴다.

창문이 많은 집에 살다 보니 '창'이라는 단어를 좋아하게 되었다. 창문이 있는 공간을 그리워하는 교도소 안 형제자매들의 편지를 많이 받는 지금, 나는 그들에게 늘 아름다운 창문 이야기를 곁들여 편지를 쓴다.

내 마음의 창을 활짝 열지 못해 스스로 답답해하고 번민한 시간도 더러 있었으나, 시라는 창 덕분에 내 나름대로 세상과 이웃과 통교한다고 생각한다. 매일매일 성당에서, 침방에서, 글방에서 창문을 여닫을 적마다 경건한 마음이 든다.

성당

죽음을 넘어 이어지는 사랑의 시간을 믿고 싶다.
기도는 영원하다는 것도. 이 성당에서 나는 1968년
첫 서원, 1976년 종신서원, 1993년 서원 25주년
은경축, 2018년 서원 50주년 금경축을 봉헌했다.
'어느 날, 지상의 마지막 예식인 장례미사도
이곳에서 치러지겠지?' 생각하면 숙연해진다.

선종 준비는 위독할 때만 하는 것이 아니다.
평소 의식이 있고 아직 움직일 수 있을 때 조금씩
해야 한다. 간밤에 꾼 꿈도 이렇게 말해주었지.
대성당에 가득 찬 청중을 보며 문득 두려웠던
그 순간! 모든 것은 다 지나간다.
이 순간이 영원 속 한 점이다.

작은 종

(소중한 보물들)

평생 종소리 따라 규칙적으로 살았다.
종을 보면 그냥 좋다.

수도 단상

(소중한 보물들)

*

작은 천사가 되려면
큰 포기를 할 줄 알아야 하는가 보다.

*

살면서 가장 힘든 일이 화해와 용서다.
언짢은 마음을 품고 있으면서
당신을 용서한다고 말하거나
듣기 좋은 말을 하거나
기도하는 것은 위선이다.
오늘 용서할 일을
오늘 용서할 때 평화가 찾아온다.

*

수녀원 경당의 얌전한 성모상 앞에 엎드려
오래 기도한 일이 있다.
2008년 7월, 대장암을 확진받기 직전이었다.
유서도 쓰고 부고 명단도 만들었다.
그때 이상한 결심이 생겼다.
내 아픔은 돌이킬 수 없으니
수도자로서 명랑하게 투병해야겠다는 것.
고통의 순간을 축복의 기회로 만들어야겠다는 것.
시를 쓰며 사람들을 위로하고 나도 위로받았다.
시와 기도의 힘으로 살아 나는
지금도 위로와 희망을 주는 역할을 하고 있다.
아픔도 소중한 선물이었다.

*

수도 공동체에 아픈 이들이 늘어난다.
나도 허리가 아파 누워 있는 시간이 늘어났다.
물리치료를 꾸준히 받고 있어 나아지고 있지만,
몸의 중심인 허리가 무너지니
일상이 무너지고 웃음도 사라진다.
그래도 힘을 내야 한다.
모든 것에 감사하고
모든 것을 사랑하는 마음으로.

*

'이달의 기도지향'을 나누는 층계 옆 공간에
수녀님들이 메모를 붙였다.
나는 이런 메모를 붙였다.
"사는 게 힘들어 자살 충동을 느끼는 청춘을 기억하자."

*

수녀원 게시판에 올라온 게시글을 보았다.

> 나는 어디서 피조물의 노래를 듣고 보았는가?
> 나는 어디서 피조물의 울부짖음을 듣고 보았는가?
> 당신의 하루를 돌아보고, 당신이 어떤 점에서 피조물을
> 온전하게 돌보지 못했는지 생각해보십시오.

*

가정이든 수도원이든 공동생활에는
언어 정화와 절제가 중요함을 나날이 더욱 절감한다.
가끔 후배 수녀님들이 지난 일을 들고 와 따지면
분명 내가 원인 제공을 한 까닭에 (더러 억울하기도 하지만)
변명조차 하지 못하고 용서를 청한다.
좋은 말만 하기에도 시간이 모자란다.
우리는 어떤 모양이든 부정적 말이나
뒷말의 유혹에서 자유로워야 하고
일상의 덕을 닦는 수행자가 되어야 한다.

*

인사 이동철에는
수녀님들이 수녀원을 떠나거나 들어온다.
이별과 만남의 계절이다.
2024년 1월, 가톨릭 성가 236번
〈사랑하올 어머니〉를 불렀다.
하늘나라로 간 보나 수녀님이 좋아하던 성가다.

마리비타 후배 수녀님이 떠난 빈방에
지현 수녀님이 휴양하러 들어왔다.
그녀는 일주일에 세 번 혈액 투석을 한다.
"죽음을 앞에 두고도 왜 짐은 안 줄어드는 걸까요?"
엊저녁 환영식에서 농담하던 그녀는
오늘도 투석하러 갔는데 마음이 짠하다.
슬퍼서 아파서 위로가 필요할 때
우리는 서로가 서로에게 봄이 되어야겠다.

*

2022년 수녀회 설립 91주년 전야.
"50, 60, 70, 80주년마다
역사 공부 새롭게 하고 축시도 썼는데
이제 9년 후인 100주년엔
내가 세상에 없을지도 모른다"라고 말하니
"9년 후라도 아흔 살도 안 되니
꼭 살아 있으세요"라고 말하는 후배 수녀님들이
고마웠다.

*

2023년 11월, 아주 오랜만에
부산 남구 대연동 유엔기념공원에서 열리는
유엔참전용사 국제 추모의 날 기념식에 참석했다.
그곳 추모명비에 몇 구절 새겨놓은
내 추모시를 직접 낭송하는 영광도 누렸다.
은은한 첼로 연주에 맞추어 낭송하는데,
분위기 때문인지
몇 줄 안 되는 시의 무게가 대단히 크게 느껴지고
말로는 다할 수 없는 깊은 감동이 밀려왔다.
전쟁에서 희생된 이들과
그 가족의 모습을 함께 떠올리니
그들의 숨은 희생에 진심으로 감사하는 마음이
간절한 기도의 꽃으로 피어났다.

*

"어둡다고 불평하는 것보다
촛불 하나라도 켜는 것이 더 낫다"라는 말을
날마다 되새기며,
오늘도 구약성서《아가》의 신부처럼
'자면서도 깨어 있는' 희망과 사랑의 길을 가고자 한다.

*

어느 날
하늘의 흰 구름이
종탑 옆에 머물며
내게 말했다.

잠시 머물다
사라지는 것들도
더 많이 사랑하라고.

두 개의 하얀 심장이
마주 보는 형상으로
구름은 또 말했다.

오늘의 하늘 위에
사랑을 수놓은 흰 구름으로
이웃에게 기쁨을 전하고
그래서 행복하라고!

4 생활의 부드러움

안아주기, 사랑하기

수평선을 바라보며

광안리 바닷가에 참으로 오랜만에 나가 오래전 쓴 시 〈수평선을 바라보며〉를 나직이 읊으며 수평선을 바라보니 새삼 행복하다. 바다가 늘 가까이 있고, 광안대교가 생긴 뒤 예전만큼 잘 보이지는 않지만 마음만 먹으면 수평선을 볼 수 있으니 얼마나 좋은지 모른다. 수평선을 자주 보는 사람답게 평평한 마음으로 무한대의 사랑을 조금씩 넓혀가면서 살겠다고 다짐해본다.

기도도 평평하게, 대인관계도 평평하게! 모나거나 날카롭게 튀어나오지 않고 평형을 이루며 살려면 절제하고 인내하고자 노력해야 하리라. 매사에 깊이 생각하고 꾸준히 공부하는 학인의 자세로 나아가는 군자 같은 수련생이 되고 싶다. 늘 곁에 두는 식물도감과 꽃도감, 나무도감을 더 가까이하고 그동안 모아둔 역사서와 좋은 말 모음집도 건성이 아니라 논문을 쓸 때처럼 마음으로 읽어 양식으로 삼겠다고 결심해본다.

며칠 전, 창고를 정리하다 옛 노트를 발견했다. 한 해 지표로 삼을 만한 말이 적혀 있었다. 《명심보감》〈정기〉편에 나오는 말이다.
"귀로는 남이 잘못했다는 말을 듣지 말고, 눈으로는 남의 단점을 보지 말고, 입으로는 남의 과실을 말하지 말아야만 거의 군자라고 할 것이다."

조가비

(소중한 보물들)

간혹 백사장에 가서 조가비를 주워온다.
바닷물이 묻은 조가비를 햇볕에 말린 뒤 거기에
시구, 단어, 기도문을 적거나 그림을 그려
글방에 온 손님들에게 선물한다.
또 조가비에 예쁜 스티커를 붙이기도 하고
성서 말씀을 쓴 종이를 조가비 안에 붙여
선물하기도 한다.

조가비를 줍는 마음으로 오늘도
내 일상의 해변에서 숨은 보물을 찾아내리라.

앵무새 인형

말을 따라 하는 앵무새 인형이 웃음을 준다.
웃을 일이 없는 환우 수녀님들이 자신이 한 말을
따라 하는 앵무새 인형을 보고 웃는다.
나도 따라 웃는다.

등긁이

임영희 멜라니아 수녀님이 가려울 때 긁으면 도움이 된다며 준 것을 간직하고 있다. 젓가락에 말린 옥수수를 꽂아 만든 등긁이. 며칠 전, 등긁이를 들고 가 옛 기억을 끄집어내려 하니 웃기만 했다. 넉 달 만에 본병원실로 들어온 수녀님. 살아난 것만도 기적이라 여기는데, 오늘은 간병 수녀님과 휠체어를 타고 정원 산책을 한다.

책이 주는 많은 것

(소중한 보물들)

어쩌다 떠나는 기차 여행길. 승객들이 대부분 스마트폰에만 집중하고 독서하는 모습을 찾아보기 힘들어 실망스럽지만 그래도 아직은 책을 사랑하는 이들이 많다고 믿고 싶다. 동네 도서관에 갔을 때 많은 사람이 각자의 취향대로 책 읽는 모습을 보면 따로 인사라도 나누고 싶을 정도로 반갑고 고마운 마음 가득하다.

어떤 일로 마음이 무겁고 힘들거나 삶의 평화가 깨져 괴로울 때, 나는 수녀원 도서실을 찾아가 우두커니 서서 한참 동안 책 향기를 맡는다. 그러면 이내 마음이 차분해져 책들에게 고맙다는 인사를 건네고 나온다. 얼마나 많은 위인과 성인이 우연히 읽은 책의 한 대목에서 감동과 자극을 받아 이전과 다른 회심의 삶을 살며 선한 영향력을 끼쳤는지!

1952년 한국전쟁이 끝난 지 얼마 지나지 않아 초등학교에 들어간 나는 온종일 책에 파묻혀 지냈다. 언니와 오빠가 보는 학원 잡지부터 헌책방에서 빌려온 동화와 소설집까지 닥치는 대로 읽다 보니, 어느새 나는 '꼬마 철학자' '애어른'이 되어 있었다. 책에서 만난 다양한 인물을 미리 공부해서인지 훗날 수녀원에 와서 대인 관계가 크게 힘들지 않아 새삼 감사한 적이 많았다.

풍문여자중학교 재학 시절, 내가 문예반에서
윤동주의 〈서시〉〈별 헤는 밤〉, 김소월의 〈진달래꽃〉
〈산유화〉, 라빈드라나드 타고르의 《기탄잘리》를
처음 읽었을 때의 설렘과 감동이 내 인생 방향을
바꿔놓았다고 믿는다. 오늘의 나를 진정 행복하게
하는 것은 책을 읽고 쓰는 것, 그리고 움직이는
존재 자체로 누구에게나 사랑으로 다가가는
'한 권의 살아 있는 책'이 되는 것이다.

보겠다는 욕심이 앞서 열심히 구해놓고
바쁘다는 핑계로 쌓아놓기만 할 뿐 탐독하지 못한
책들이 눈을 동그랗게 뜨고 나를 기다리는 방.
오늘도 책이 있어 행복하고 책 덕분에
내 삶이 계속 업그레이드될 것이라 믿는다.
예전처럼 독서 카드에 좋은 구절을 옮겨 적어
되새김하고 친지들과 나누는 습관을 들이리라
곱게 다짐해본다.

아왜
나무

〈이름 부르기〉는 내가 더러 다시 찾아 읽어보는 시들 중 한 편이다. 원래도 이름 묵상을 누구보다 많이 한다고 자부하지만 요즘은 더욱 그러하다.
"나는 시인으로서 누구에게나 어디에나 이름을 지어주는 '네이미스트namist'임에 틀림없어."
나 자신에게 말하면서 가만히 웃는다.

독자들을 만날 때마다 받아서 챙겨온 이름이 적힌 메모지 수백 장. 다신 만날 길 없는 그들이지만 차마 버릴 수 없어 집에 가져와 잠시 스쳐 지나간 인연을 기억하며 기도 손을 모은다.
가끔은 성당에서 혼자 기도하는 시간에 전체 회원의 이름이 적힌 A3 크기의 소임분류표를 앞에 놓고 기도한다.
서울, 대전, 부산 교구와 해외에 있는 이들의 이름을 기억하면서 가만히 그들의 안녕을 빌어주는 것 또한 훌륭한 화살기도라고 확신하면서 말이다.
어쩌다 지인의 장례식장에 가면 빈소에 게시한 고인과 그 가족의 이름을 보고, 한 번도 만난 적 없지만 잠시라도 이름을 떠올리며 저절로 기도한다.

비가 내리는 날, 각기 다른 이름표를 달고 서 있는 나무들에게 인사하며 일터로 출근하는 길이 즐겁다.
글방 앞 꽃밭의 여러 가지 꽃도 은근히 이름 불러주길 기대하는 표정이다. "오늘도 그 자리에서 조용히 피어나느라 수고했어요"라고 꽃에게 말을 건네면 꽃이 "오늘도 그 자리에서 힘든 순간조차 잘 견디며 살아내느라 수고했어요"라고 덕담을 돌려주는 것 같다.

늘 같은 시간에 나를 따라오면서 무어라도 좀 얻어먹을
궁리하는 진돗개 해솔이가 눈에 띄지 않을 때,
크게 이름을 불러주면 나타나는 것도 신기할 따름이다.

초중고등학교 시절, 선생님이 출석을 확인하며 이름을
불러주면 늘 설렜다. 대학 강단에서 수업할 때마다
이름을 부르면 "네!" 하고 씩씩하게 대답하던
그 많은 학생은 다 어디 있을까 문득 궁금해진다.
분명 각자의 자리에서 열심히 살고 있을 것이라 여기며
그들의 행복을 빌어준다.

"꽃 이름 외우듯이/ 서로의 이름을 불러주는 즐거움으로/
우리의 첫 만남을 시작하자"(〈꽃 이름 외우듯이〉 부분,
《꽃은 흩어지고 그리움은 모이고》, 분도출판사, 2004년)라고 시에서
표현했다. 오늘도 서로의 이름을 다정히 불러주면서
사랑의 성숙을 도와주는 우리가 되길 기도한다.
살아 있다는 건 누군가의 이름을 불러주는 것이자
이름이 불리는 것임을 다시금 생각하며 이렇게 읊어본다.
'이름 부르기는 존재의 확인!'

신발을 신으며 배우는 겸손

매일 아침 일어나 신발을 신을 적마다 '오늘도 새롭게 희망을 신는 거야' '신발을 신은 사람답게 씩씩하게 걸어가자. 앞으로 나아가자. 고맙게! 성실하게!'라고 다짐해본다. "발에 신으면 발신이지/ 왜 신발이냐고 우기던"(〈신발을 신으며〉 부분, 《희망은 깨어 있네》, 마음산책, 2010년) 어린 조카 권태균도 이젠 40대 어른이 되었는데, 발신이라 우기던 때가 생각나느냐고 물으니 모른다고 한다.

얼마 전, 부산 개금동에 있는 국내 유일 신발박물관인 한국신발관에서 기차표, 말표, 왕자표 등의 상표를 보고 얼마나 반가웠는지 모른다. 봉쇄수도원인 가르멜회의 세상물정 잘 모르는 수녀님들이 모처럼 외출한 길에 '기차표 신발 가게'에 들어가 "기차표 사러 왔는데요" 했다는 일화를 그 수도원에 몸담고 있던 언니 수녀님에게 전해 듣고 많이 웃었던 일이 떠오른다.

신발박물관은 유명한 문화예술인들이 사인한 신발도 전시하고 있다. 내게도 한 켤레 달라고 하여 준비하는 중에 신발장에 있는 신발들을 모두 꺼내 반들반들 윤나게 닦아주니 신발들이 매우 기뻐하는 것 같다. 수도자 신분이라 거의 다 검정이나 회색이지만 더러는 푸른색과 흰색 실내화도 있다.

내 신발의 용도는 다양하다. 어느 것은 성당에 기도하러 갈 때, 어느 것은 잠시 산보할 때, 어느 것은 멀리 여행 갈 때 그리고 어느 것은 병원에 입원할 때 신도록 정해두었다. 어쩌다 바닷가에 다녀오는 길에 신발 가게를 둘러보는 재미가 있었는데, 하나둘씩 문을 닫으니 안타깝고 서운해서 부산의 신발산업이 좀 더 번창하기를 기도하는 마음으로 신발박물관 견학을 갔던 것이다.

명절날 현관에 신발이 많으면 괜히 흥분되고 기뻤던 기억이 나고, 피란 시절에 고모가 사다준 빨간 운동화가 하도 예뻐서 끌어안고 잤던 고운 추억도 있다. 그 시절 추억을 되새기며 동시 〈우리 집에 신발이 많을 때면〉을 적어보기도 했다. 신발을 주제로 시 여러 편을 썼는데, 그중에서도 아주 오래전에 쓴 시 〈낡은 구두〉를 많은 독자가 좋아해주었다. 특히 이 시를 연말에 자신을 성찰하는 일종의 '반성 일기'로 삼는 것 같다.

보관하던 신발들 중에서 무게감과 안정감이 있어 신으면 넘어지지 않을 것 같은 편한 신발을 몇 켤레 찾았다. 다시 관심을 주고 신으니 든든하고 기쁘다. 좀 더 똑바로 걷지 못한다고 핀잔을 주는 동료 수녀님들의 충고를 기억하면서, 이 신발에 왼쪽에는 '중용', 오른쪽에는 '조화'라는 이름을 붙이고 열심히 하루의 길을 가야겠다.

세상과 작별해 이제 다시는 신발을 신을 수 없는 가족과 친지와 이웃, 지금 이 순간에도 속히 자기 신발을 신고 외출할 날을 기다리며 병상에 누워 있는 환자를 떠올리며
물끄러미 신발을 바라보자니
어느새 눈물 한 방울이 하얀 꽃으로 떨어진다.
신발의 또 다른 이름은 겸손이라고 속삭이면서!

나무토막

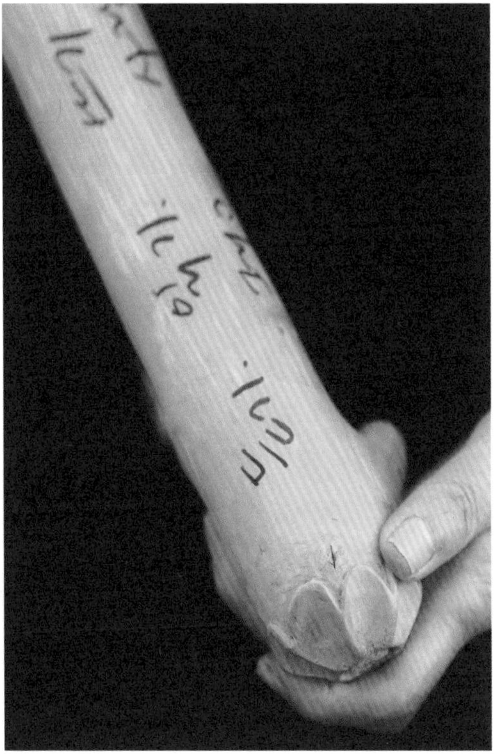

2021년 가을, 연필 닮은 나무토막에 내가
명심해야 할 네 가지를 썼다.

듣기, 읽기, 쓰기 그리고 사랑하기.

지팡이

지팡이를 짚으면 든든하긴 해도 어쩔 수 없이 노인티가 난다. 그래서 지팡이 짚기를 부끄러워하는 사람이 있다. 사실 지팡이는 불편한 움직임을 돕는 고마운 존재다. "그대의 지팡이가 될게요"라는 말이 있듯 지팡이는 도움과 협조의 상징이다.

우리는 기대어 산다. 다투지 않고 기대어 살려면 하루 한 번 삶의 끝을 상상해야 한다. 자신과 다른 사람을 간절히 좋아해야 한다. 푸념하는 대신 미소 짓고, 불평하는 대신 감사 인사를 나눠야 한다. 젊은 날부터 끊임없이 사색하고 책을 읽고 이기심에 얽매이지 않고 남을 배려하는 연습을 해야 한다.

돌멩이

(소중한 보물들)

광안리 바닷가와 우리 집 곳곳에서 돌멩이를 줍는다. 그 돌멩이에 '침묵' '겸손' '사랑'이라고 적어 손님들에게 건네준다. 큰 돌멩이는 문진으로 쓴다. 예쁜 돌멩이가 무리 지어 있는 모습은 꼭 수도자들 같다. 아마도 돌멩이는 수도 생활 같은 세월의 무게를 견뎌왔으리라.

길에서 주운 돌

밀양 가르멜 수녀원에 있는 언니를 뵈러 갔다
돌아오는 길. 인근에 손자장면 가게가 있어
들어갔다 나오는 길에 돌을 주워 글방에 두었다가
조각하는 후배의 제자에게 돌받침을 부탁했다.
마른 동백 꽃잎도 슬쩍 얹으니 더 아름답다.
돌에서 성모님을 만나고 싶었나?

생활 단상

*

원장님의 주의사항.
"당분간 산에서 산보하지 마세요.
산란기라 예민해진 까마귀들이
수녀들 머리끝까지 따라와 콕콕 찍어요."
까마귀들, 자기들도 단체 생활하면서 좀 봐주지!
어린아이의 지능을 지녔다는 똑똑한 까마귀가
수녀의 머릿수건을 보고
아주 특이한 '인간새'라고 생각하는 건가?

*

약 타러 병원에 간다.
'마음엔 평화! 얼굴엔 미소!'
병원에 안 가도 아픈 데 늘어나지 않고
현상 유지만 해도 좋겠다.
평범하게 움직이는 모든 순간이
실은 황홀한 체험 아닌가.
지극히 평범하고 사소한 것에서
일상의 황홀경을 맛보는 삶을 꿈꾼다.

*

"자기 몸이라도 한 번씩
'예쁘다, 잘한다, 수고했다'라고
칭찬해주면 몸이 알아듣습니다."
의료 상담하는 과정에서
주치의가 보내준 문자!

"이 한 몸 크게 수리해서
더 좋은 몸 받는다고 여기세요!"
대장암 수술을 앞둔 내게 이리 말하던
최성호 박사의 말씀도 떠오른다.
10여 년 전 내 조직검사 결과가 나온 날,
내게 직접 말하지 않고 집에 가 있으라 하더니
총 원장 수녀님에게 결과를 전달했다.
그분에게 환자를 배려하는 법을 배웠다.

*

해마다 4월이 오면
한 번씩 흥얼거리는 노래가 있다.
그 노래의 작사, 작곡가인 노영심 님을
출강하는 대학에 초대해 벚꽃 흩날리는 교정에서
〈4월이 울고 있네〉를 함께 부르기도 했다.
1960년 4월 19일, 여중생이던 내가 겁에 질려 간접 참여한
4·19혁명의 핏빛 투쟁이 생각나는 4월이다.
2002년 4월 15일 김해 돗대산에 비행기가
추락한 사고로 목숨을 잃거나 중경상을 당한
166명의 사상자를 기억하는 4월이다.
2014년 4월 16일, 세월호 탑승자
416명 중 304명이 희생된 비극을
눈물 속에 다시 기억하지 않을 수 없는 4월이다.
오랜 세월이 지나도 잊을 수 없고
잊혀서도 안 되는 슬픔에 마음으로나마
동참하는 것 자체가 하나의 기도가 아닐까 싶다.
가만히 창밖을 내다보면

나무 위에서 수녀님들처럼 수수한 옷을 입은 까치가,
잔디밭에서 딱새가 봄 인사를 한다.

*

요즘 자주 하고 싶은 말.
"아프지 말고 건강하세요."
"이왕이면 기쁘게 감사하며 살아요."
"겸손이 중요해요."
"좀 더 단순해지기로 해요."

요즘 자주 하는 말.
"그래, 그래."
웬만하면 이해하고,
웬만하면 용서하고,
웬만하면 그냥 넘어간다.
"그래, 그래"라는 말로
여생을 살고 싶다.

*

결혼하는 이에게 이런 구절을 써주었다.

사랑은
둘이서 부르는
한마음의 노래!
서로 먼저 사랑해서
오래오래 행복하세요!

*

사탕 껍질 자세히 보니
그 작은 포장지에도 고운 말이?
"고개를 들어봐Keep your chin up."
"조금 자신감을 가져봐Put a little strut in it."
"강인함은 네 중간 이름이야Tough is your middle name."
"자신에게 하이파이브해Hi-five yourself."
"포기하지 마Don't give up on you."
"끝까지 해내Get through it."
"오늘 너 자신을 감동하게 만들어Impress yourself today."
사탕 껍질은 무심결에 버리지만
거기에도 메모가 있는 걸 발견해서 의미를 찾으니
"역시 다르네?" 하는 동료들에게
나는 "시인은 끊임없이 관찰하고 발견해서
나누는 이니까"라고 대답한다.

*

"끼토산 야끼토 로디어 냐느가
충깡충깡 서면뛰 를디어 냐느가
개고산 를개고 자혼나 서어넘
실토실토 을밤알 서워주 야테올."
한때 〈산토끼〉 노래를 거꾸로 부르곤 했다.
거꾸로 부르면 재미있어서,
언어놀이하는 것 같아서.

*

청소 일을 한다는 독자가 보낸 편지가 감동을 준다.

청소 일을 하며 이런저런 꿈을 꿉니다.
기도하듯 청소하고 이런저런 꿈도 꾸고
놀듯 쉬듯 정직하게 청소를 합니다.
제가 하는 청소라는 직업이 버릴 것 없고
마음까지 닦아주고 치유해주는
정직하고 보람된 천직이라는 생각이 듭니다.

(…)

짧은 인사 한마디가 고파지는
이 힘들고 외로운 세상에
꼭 필요한 작고 작은 사람이
꼭 해야 할 일이 청소인 것 같습니다.

(…)

말은 유창히 잘하지 못해도
담백하게 짧은 인사나마
정성스럽게 하는 사람 되자 다짐해봅니다.

자신이 하는 일에 애정을 품고 열심히 사는
그에게 격려와 응원의 박수를 보내고 싶다.

*

어버이날,
꽃 배달 외상값을 주고
선물로 크림을 주니
수국을 준 꽃집 사장님.
동그란 마음을 품에 안았다.

*

며칠 전, 재활시설에 가서
환자들과 함께 시 읽고 담소 나누며
모처럼 유쾌한 시간을 보냈다.
그들의 웃음은 천진했고
눈빛은 이웃의 따뜻한 이해와 사랑을 갈망하고 있었다.
이웃에게 보내는 사랑과 관심은 그리 거창한 것이 아니라
지금 바로 여기서 우리가 할 수 있는
작은 일부터 시작하는 것임을 깨달았다.

*

기차 안에서 사람들이 사진을 찍자고 한다.
“처음 만났는데도 옛날부터 알았던 것 같아요”라고
다정하게 말한다.
시가 나보다 먼저 만나 나에게 호감이 있구나.
모든 사람이 일가친척 같다는 생각이 든다.
시가 종파를 초월해 민들레 홀씨처럼 나타나
모든 사람을 형제자매로 만드는구나.

*

아름다운 꽃과 열매가 있는 '노란집'에 들렀다.
문단의 거목 박완서 소설가의 큰딸인
호원숙 님이 이모를 대하듯 친밀하게 환대해주었다.

*

보름달은 우리에게
좀 맑고 밝고 순해져라, 은근히 충고한다.

*

새해가 되면 신문과 방송을 포함해
여러 곳에서 새해 덕담을 부탁받는다.
대부분은 건강상의 이유로 거절하고,
어쩌다 받아들여도 부담된다.
젊은 날 거창하게 나열했던 결심들이
조금씩 줄어드는 노년기를 보내는 지금이다.
아침에 눈을 뜨면 '내가 또 한 번 살았구나' 감탄하며,
'순간순간 감사하는 것만이 내 의무야' 되뇌며
빙그레 웃는다.

*

나는 좋은 말을 키우고
좋은 말은 나를 키운다.
"살아 있어줘서 고맙다"라는 말을 자주 듣는다.
안아만 주기에도 인생이 모자란다.

5 추억의 아름다움

맑은 물에 닦이고 깎이듯

좋은 말씀 수첩

(소중한 보물들)

내 서랍 속에는 겉장에 '좋은 말씀'이라고 쓰인 수첩 한 권이
있다. 이 수첩의 주인 이인숙 데레사 말가리다 언니 수녀님은
하늘나라에 있는데, 나는 언니 수녀님이 자주 그립다.
1966년 내가 청원자 시절을 보낼 때, 언니 수녀님은
내가 끝까지 항구해 좋은 수녀가 되기를 바라는 마음으로
짬짬이 좋은 글귀를 수첩에 써 모았다가 내게 전해주었다.

언젠가 우리 수녀원에 놀러온 어느 지원자가 이 수첩을
빌려갔다가 분실했다는 말을 들었을 때 가슴이 철렁했다.
그로부터 10여 년이 흐른 후 그는 이 수첩을 찾아 내게
돌려주었다. 그때 잃은 벗을 만난 듯 반가웠던 기억이 난다.
세월이 흘러 언니의 수첩 원본은 비에 젖으며 해졌다.

"더없이 사랑하는 나의 벨라뎃다(내 세례명)에게
여기 내 마음을 담아 보내며"라고 적힌 수첩 마지막 문장에
눈시울이 붉어진다.

어머니의 편지

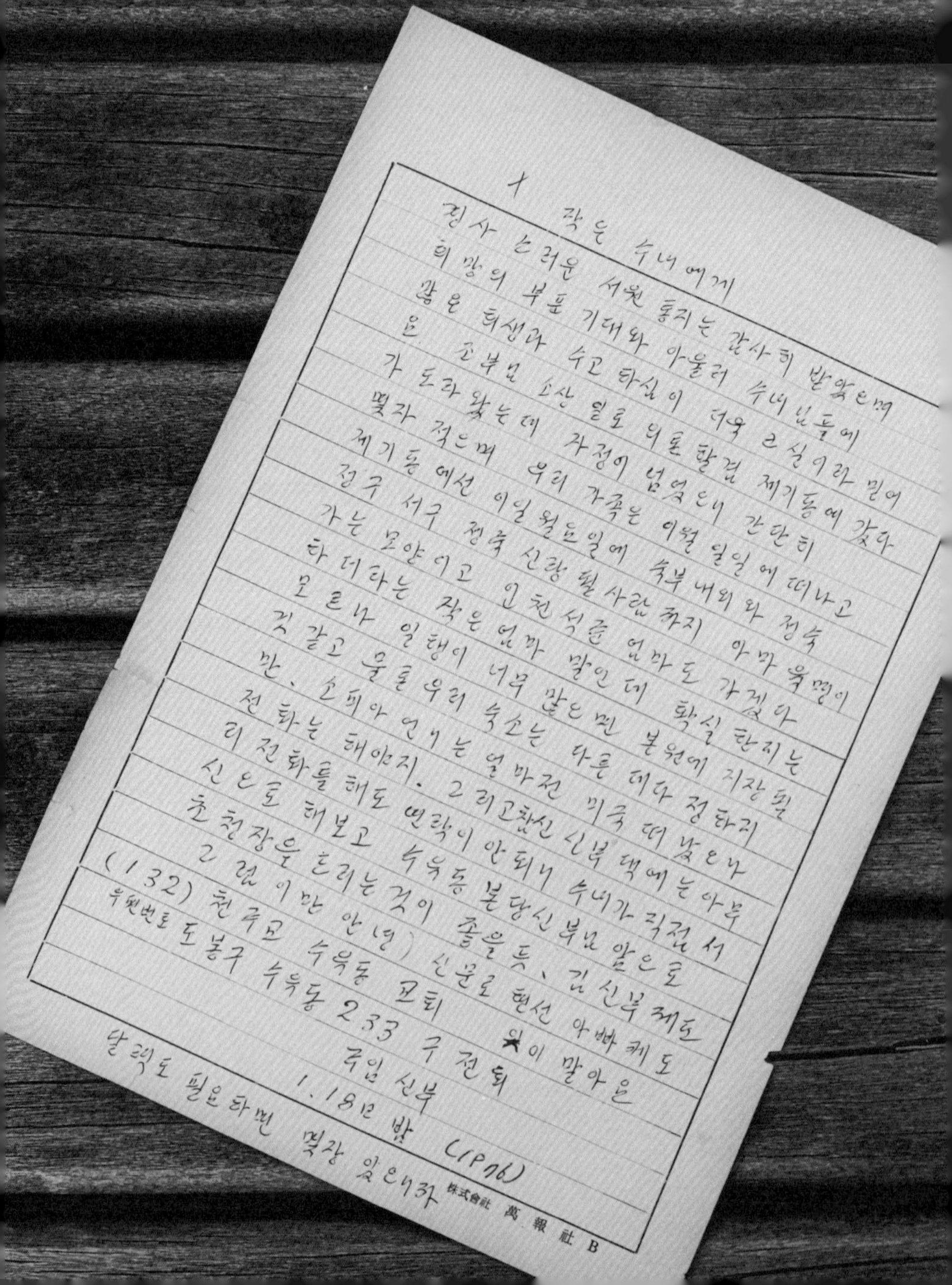
十
작은 수녀에게
진사 스러운 서원 통지는 감사히 받았으며
희망의 부푼 기대와 아울러 수녀님들에
깊은 희생과 수고 탓이 더욱 크심이라 믿어
요. 조부모 소산 일로 의논할 겸 제기동에 갔다
가 도라왔는데 자정이 넘었으니 간단히
몇자 적으며 우리 가족은 이월 달일에 떠나고
제기동에선 이일 월요일에 숙부내외와 정숙
정구 서구 정숙 신랑될 사람까지 아마 육명이
가는 모양이고 인천식준 엄마도 가겠다
타더라는 작은엄마 말인데 확실 한지는
모르나 일행이 너무 많으면 본원에 지장될
것 같고 물론 우리 숙소는 다른 데다 정하리
만, 소피아 언니는 얼마전 미국 떠났으나
전화는 해야지. 그리고 참신 신부댁에는 아무
리 전화를 해도 연락이 안되니 수녀가 직접 서
신으로 해보고 수유동 본당신부님 앞으로
초청장을 드리는 것이 좋을듯, 김신부께도
그 편이만 안(녕) 신문로 현선 아빠께도
(132) 천주교 수유동 교회 이 말아요
우편번호 도봉구 수유동 233 구 전화
국일 신부
1.18일 밤 (1P76)
달력도 필요하면 몇장 있으니까
株式會社 萬報社 B

어머니는 내게 '작은 수녀에게'로 시작하는 편지를 자주 보냈다. 1960년대에 쓴 편지의 서두에는 '우리 귀여운 꼬마 수녀에게' '사랑하는 애기 수녀에게'라고 쓰여 있다. 1970년대에 쓴 편지의 서두에는 '그리운 작은 수녀님' '사랑하는 작은 수녀님'이라고 쓰여 있다. 어머니의 편지를 시기별로 읽다 보면 내가 성장했음을 느낀다.

서랍을 정리하다가 1976년 1월 18일, 어머니가 밤에 쓴 편지를 다시 읽었다. 종신서원을 앞둔 날이다. "경사스러운 서원 통지는 감사히 받았으며, 희망의 부푼 기대와 아울러 수녀님들의 많은 희생과 수고하심이 더욱 크시리라 믿어요"라는 글귀에 눈길이 오래 머문다. 다른 편지들도 찬찬히 들여다본다.

> 요즘 우리 집 앞뜰에 있는 코스모스와 각색 국화들이 마치 가을 소식을 알려주고, 오래지 않아 섭섭하게 사라져버리겠구나. 달이 지나가고 해가 바뀔 때마다 자기 자신을 반성하고 과거를 더듬어보는 좋은 기회라고 생각할 수 있지 않니. (1966년 10월 13일)

> 네가 집을 다녀간 지도 어느덧 두 달이 가까워 오는구나. 오랫동안 지독히도 가물다가 어제는 비가 내려 엄마는 하루 종일 정원에 꽃모종을 하고 나니 불현듯 네 모습이 목련에 아른거려 이렇게 광안동을 향하여 너를 만나고 싶다. (…) 낮에는 각종 새들이 지저귀며 엄마와 벗을 삼는 요즘 생활이니 공연히 몇 차례씩 편지함 속만 보고 하루하루를 보낸단다. (1967년 5월 27일)

5월 8일에 엄마를 위해 아름답게 꾸며 보낸 마음의 꽃다발.
사랑하는 우리 수녀 두 딸한테 받은 큰 선물 감사하였다.
그까짓 카네이션이 문제가 아니고 물질적 선물이라도
일시적일 뿐이다. 형언할 수 없이 감미롭고 만족하구나.
(1968년 5월 16일)

계절 따라 초록빛으로 장식하고 휘늘어진 수양버들
가지마다 신성한 매력을 더욱 풍겨주네요. 언제나 기도 중에
주변에 자리 잡고 말없이 미소로 대하는 우리 두 수녀님.
이 순간은 무엇을 하고 계실까. 영혼 안식처에서 물론 주님과
더불어 여러 자매님과 같이 평화의 웃음꽃이 활짝 피어 있을
테지요. (1971년 봄)

언제나 영원토록 주님 그늘 밑에서 매만지고 행복한 완덕의
길을 가주소서. 총망 중 복잡하고 시간에 쫓기다 보니 인사도
제대로 못하고 훌쩍 떠나 무사히 돌아왔으나, 왠지 석연치
않은 느낌으로 엎드려 부족한 사연을 올리는 엄마랍니다.
보람된 생활 속에 대화를 나누며 미소로 화관을 엮읍시다.
구식 늙은이는 너무나 못 배워서 죄송합니다만 사랑으로
널리 봐주십사 합니다. (1976년 2월 7일)

떠나는 날, 차분한 기분으로 악수도 제대로 못 한 채 헤어져
마음에 걸려요. 그날 집을 나오면서 묵상 중에 누구든지
나를 따르려는 사람은 자기 자신을 버려야 된다는 안배로
그 초대석에 입장을 했죠. (1997년)

빗자루 카드

수십 년 간직한 어느 독자의 빗자루 카드. 나쁜 기억은 다 쓸어버리라고, 어느 해 연말 미지의 독자가 보내주었다. 빗자루에 붙어 있던 편지지는 어딘가로 사라지고 풀로 만든 빗자루만 남아 있다.

언니 수녀님의 편지

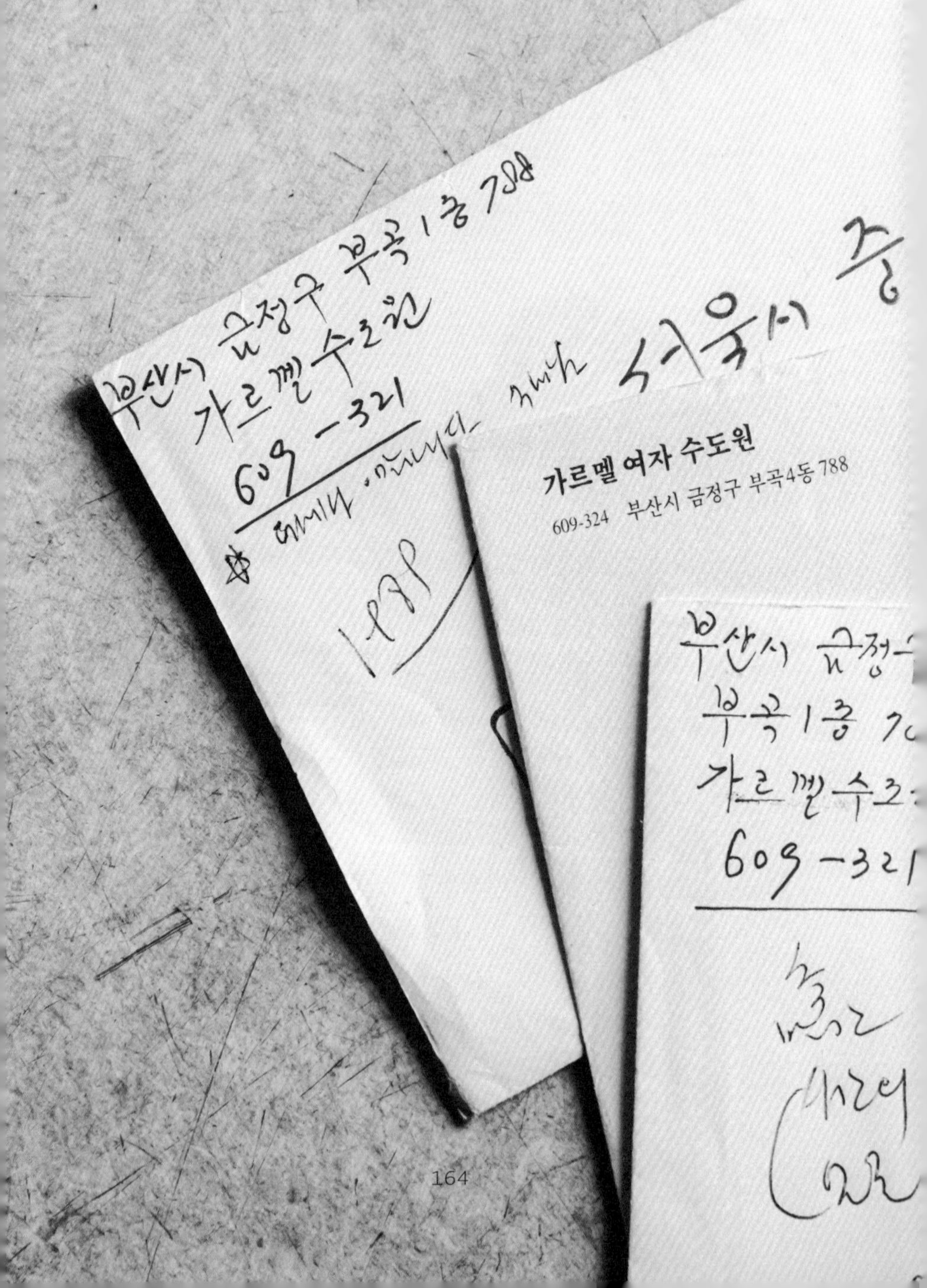
부산시 금정구 부곡1동 788
가르멜수도원
609-321
가르멜 여자 수도원
609-324 부산시 금정구 부곡4동 788

편지 봉투에 '가르멜 수도원'이라 쓰여 있는 편지를 자주 받았다. 1932년 가을에 태어나 1955년 갈멜산에 입회해 2017년 선종한 언니 수녀님의 편지다.

> 5월 20일 네 영명 축일에 너의 영육을 위해서 하루를 몽땅 바치마. 이젠 나이도 있으니 그렁저렁 조금씩 무너지는 육신을 기쁘게 받아들여야겠지. (…) 오늘 우리는 전원이 산에 올라 나무를 톱질로 자르고 (못 쓰는 나무를) 운반하느라 큰 노동을 했단다. (1997년 3월 17일 밤)

수도자 길을 선택한 것은 인간미 없다고 내가 따졌을 때, 언니가 "이제야 그런 생각이 드느냐" 하고 웃던 모습이 떠오른다. 2017년 11월, 마지막 가는 길에 하고 싶은 말이 무어냐고 내가 묻자 "그냥 다 바치는 거지 뭐" 하던 언니의 말이 종종 떠오른다.

김수환 추기경님의 엽서

(소중한 보물들)

2009년 2월 16일 87세를 일기로 선종한 김수환 추기경님이 보내준 엽서를 바라본다. 이 엽서를 액자에 넣어 글방에 간직했는데, 참 정겹고 따뜻하다. 친필을 적어 보낸 그 마음에 감동받았다.

> 아침에 《사계절의 기도》를 손에 들고
> 몇 줄을 읽으면서 얼마 전에 수녀님이 내게
> 주신 편지 생각이 났습니다.
>
> (…)
>
> 나도 수녀님처럼 생각을 아름다운 글로
> 표현할 수 있으면 참 좋을 텐데. 그러나
> 그것은 하느님이 주신 특은이고, 아무나
> 받을 수 있는 것이 아니지요.

2008년 서울성모병원 서병동에서 같은 환우로 농담을 주고받으며 즐거운 시간을 보낸 일도 지금은 옛일이 되었다. 김수환 추기경님이 소개해준 소녀들이 우리 수녀원의 수녀님이 되었다. 선종 전 한번 만나면 좋을 것 같아서 내가 주선하여 수녀님 네 명과 김수환 추기경님을 찾아가 추억 나눔을 했다. "수녀님이 바람잡이 노릇을 하지 않았으면 우리가 어찌 만날 수 있었겠습니까"라고 하던 말씀이 생생하다.

인두

(소중한 보물들)

어머니의 유품에서 내가 애착하는 것 중 하나가 인두다. 어린 시절, 가족 생계를 꾸리려고 수많은 한복 동정을 다림질한 멋진 인두. 인두 앞면 뒷면에 찍힌 엄마의 한숨과 슬픔, 기쁨과 행복을 가늠하며 몇 자 적는다.

고마운 인두야.
엄마의 손길에 길들어진
멋진 인두야.
정교한 꽃 골무를 만들 때도
우리 엄마는 너를 사용했겠지?
나도 엄마의 인두를 닮아
아프고 슬퍼서
구겨진 마음들을 살짝 펴주는 사람이 될게.

꽃 골무

(소중한 보물들)

어머니가 수놓은 꽃 골무 하나를 침방 벽에 걸어두고 오가며 본다. 스무 살에 결혼해 서른세 살에 나를 낳고, 아흔다섯 살에 세상을 떠난 나의 어머니 김순옥. 2007년 9월, 어머니가 하늘나라로 간 뒤 나는 이런 일기를 썼지.

> 엄마가 나의 애인이었네. 평생 곱고 순했던 엄마, 아침부터 밤까지 오직 엄마만 불러도 지루하지 않아. 무작정 언제라도 부르면 좋은 엄마, 힘이 되는 엄마, 부르는 것 자체로 기도가 되는 엄마, 이제는 세상에 없지만 내 마음속에 매일 새롭게 살아나는 엄마. 엄마는 나의 눈물, 나의 기쁨, 나의 그리움.
>
> (2007년 11월 8일)

꽃 골무를 볼 때마다 어머니와 함께했던 모든 순간이 꽃으로 피어난다. 내게 꽃 골무는 그리움이다. 이 그리움을 생각하며 오늘 만나는 모든 사람에게 꽃마음으로 최선을 다하는 기도자, 수도자가 되고 싶다.

단추

어머니가 남겨준 단추들이 반짇고리에 모여 있다.
어머니는 옷의 앞뒤를 구분할 때 단추를 달았고,
헝겊 가방에도 단추를 달아 썼다.

어머니의 유품인 하의 내의. 내의의 앞뒤를
구분하려고 어머니가 달아둔 단추 하나가
어머니를 향한 그리움을 불러온다. 보고 싶다.

88번 손수건

1981년 10월 1일, 아기 예수의 성녀 소화 데레사 축일. 내가 돌보는 지원자들에게 영적 예물이 수놓인 하얀 손수건을 받았다. 내가 수녀원에 입회할 때 받은 번호가 88번이다. 기쁠 때 웃음을 적셔주고 슬플 때 눈물을 적셔주던 손수건. 이제는 낡고 해어져 쓰지 못하는 손수건이지만 추억이 깃든 보물이다.

아버지 사진을 볼 적에

어린 시절, 경기도 양주군 별내면 숙부님 댁에
놀러 가면 사촌 동생 성구가 "누나!"라고
불러주었다. 남동생이 없는 나는 "누나!"라고
불러주는 성구의 목소리를 들으면 행복했다.
나는 성구와 함께 썰매도 탔다. 키 크고 잘생긴
숙부님과 소박하고 마음씨 고운 숙모님은 세상을
떠났지만, 그들의 후손은 남아 있다.

1950년 9월, 한국전쟁 때였다. 내 아버지
이상훈이 이장훈 숙부님 댁에 갔다 돌아오는 길에
행방불명되었다. 여섯 살 이후 아버지를 뵌 적이
없다. 깊고 따스한 분이던 아버지가 그립다.
우리 남매 중 내가 종종 '장미 미녀'라 부르는
내 동생 로사가 아버지의 모습을 가장 많이 닮았다.
한국전쟁이 낳은 이산가족의 아픔과 슬픔을
평생 안고 사는 민족 비극을 우리 가족도
감내해야 했다.

첫 서원 일기

(소중한 보물들)

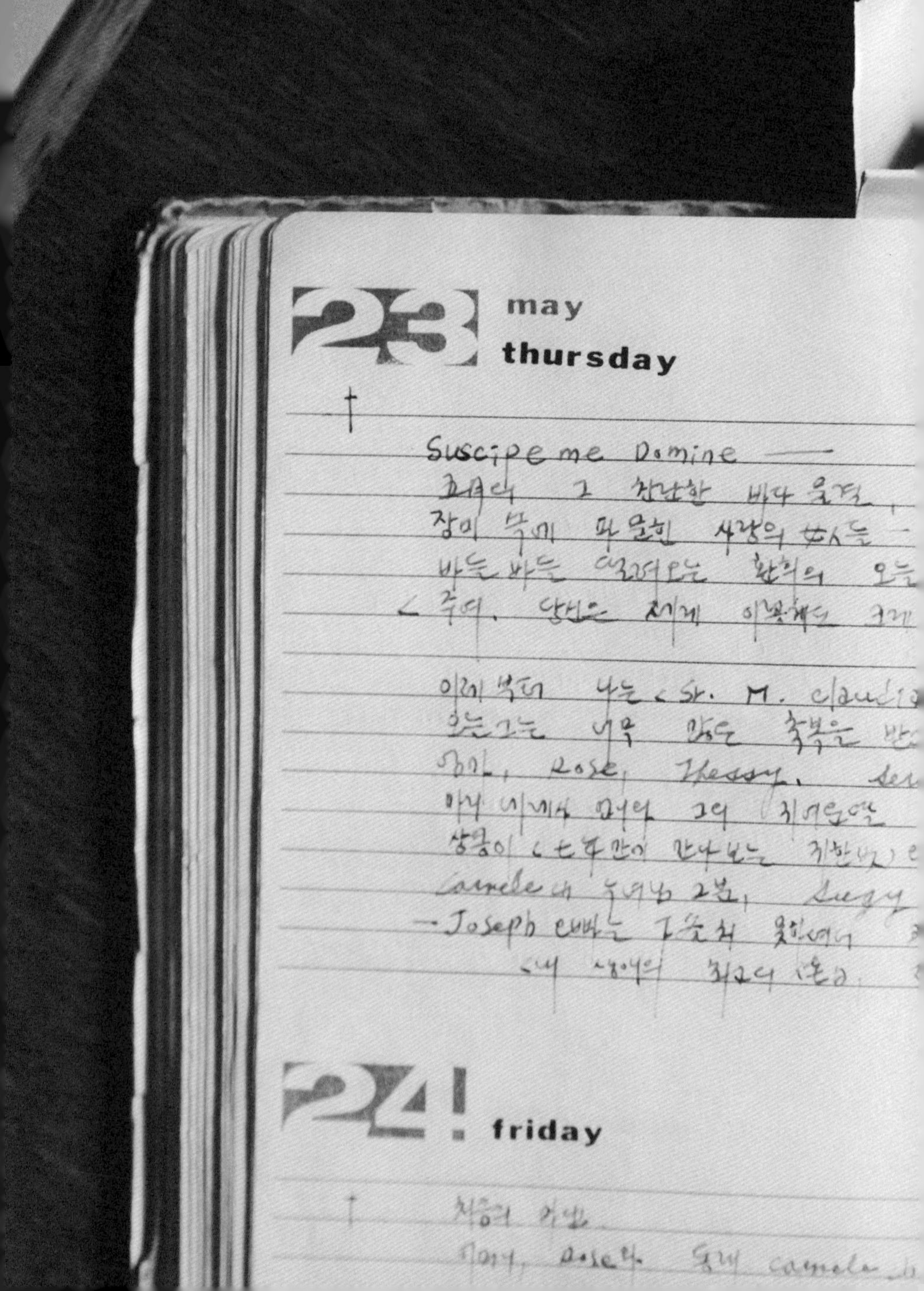

1968년 5월 23일 첫 서원 날에 쓴 일기를 다시 들여다본다.

> Suscipe me, Domine(주님, 저를 받아주소서). 오월의 그 찬란한 바다 물결. 장미 속에 파묻힌 사랑의 여인들. 바들바들 떨려오는 환희의 오늘. 주여, 당신은 제게 이렇게도 크게 갚아주시는 것입니까? 이제부터 나는 클라우디아라고 불린다. (…) 내 생애 최고의 생일, 제일 기쁘고 기쁜 날.

서울 미아동 본당 박요왕 신부님이 보내준 축하 글을 다시 본다.

> 일생에 큰 경사입니다. 주는 사랑에 전심하면 크게 잘되고, 훌륭한 수도녀가 될 것입니다. 나만 아는 데서 모두 잘못이 생기고, 나를 희생하는 사랑이라야 고귀한 것이 됩니다. 천상의 영이 가장 기뻐하시는 수도녀가 되기를 기원하면서.

평생 수도자로서 덕을 쌓으며 하느님께 나를 봉헌하는 삶을 살기로 약속했다. 수도회에 입회하면 지원기와 청원기, 수련기, 첫 서원 과정을 거친다. 첫 서원을 받고 종신서원에 이르기까지 8년이 걸렸다.

오빠가 보낸 수석

(소중한 보물들)

글방 진열장에 놓인 자그만 수석 두 점에
'수녀의 기도'와 '성모님'이란 이름을 붙여주었다.
인구 오빠는 선물로 수석 두 점을 보내며 내게
이런 편지를 부쳤다.

> 옛날부터 서랍 속에 갇혀 있던 작은 돌 두 점을 꺼내
> 지점토를 개어서 손수 받침대 작업을 해봤다.
> 수녀상 또한 성모마리아상을 닮았구나.
> 이 작은 수석 두 점을 아무래도 작은 수녀 앞자리에
> 두는 게 제일 좋겠다는 생각이 들어 보낸다.

장영희 교수의 시계

(소중한 보물들)

2009년 5월 9일 선종한 장영희 교수의 시계다.
그의 동생 장순복 님이 내게 선물했다.
장영희 교수가 강의실에서 쓰던 시계라고 한다.

하트 시계를 보며 사랑을 생각해본다. 사랑이란
서로를 바라보면서 그 존재를 멋진 작품으로
여기며, 그를 배려하고 그가 잘되기를 바라는
마음 아닐까? 그를 생각하면 나도 기쁘고
선해지는 것이 아닐까? 감출 수 없어 자꾸
밖으로 삐져나오는 기쁨 아닐까?

하트 시계를 보며 시간을 생각해본다. 오늘을
살아간다는 건 결국 순간 속 영원을 호흡하는
것이다. 언젠가 지상의 여정을 마쳐야 함을 시시로
절감하며 겸손해지는 것이다. 유한한 인간은
무한한 사랑을 향해 걸어가는 순례자다.

사형수의 목각

(소중한 보물들)

광주교도소에서 재소자들과 잠시 만나 미사에
같이 참석하고 이야기를 나눈 적이 있다.
어느 분이 내게 다가와 자기는 최고수(사형수)
라면서 목각을 주고 싶다고 했다. 내가 보관을
잘못하여 새의 부리가 조금 파손되었다.
목각을 볼 때마다 마음이 짠하다.

사형수의 엽서

(소중한 보물들)

지금은 세상에 없는 권현집 베드로의 책《내가 죽인 예수》를 보관하고 있다. 이 책에는 내가 그에게 보낸 여러 서신이 실려 있다. 그는 전직 신문 기자였는데 등산하다가 동료를 죽게 한 죄로 1997년 4월 17일 교수형을 받았다. 모범수였던 그는 안구와 시신을 기증하고 떠났다. 1987년 12월, 그가 나에게 보낸 엽서에는 이런 글귀가 쓰여 있다.

작은 소유로,
큰 삶의 그루를 심으시길 빌어 마지않습니다.

민들레의 영토

해마다 봄이 되면 민들레가 지천으로 피는 수녀원
민들레의 영토에서, 나는 오늘도 민들레 한 송이로
살아간다. 바람 속에 서로 부대끼며 인내하고,
용서하며 사랑을 넓히는 가운데 일상 수행을 계속하는
또 다른 민들레들과 함께 인생의 사계절을 지내고 있다.

1976년 종신서원을 기념해 수녀회에서만 돌려보기로
하고 첫 시집《민들레의 영토》초판 1,500부를 찍었다.
우연히 언론에서 표제작 〈민들레의 영토〉를 소개했다.
"기도는 나의 음악/ 가슴 한복판에 꽂아 놓은/ 사랑은 단
하나의/ 성스러운 깃발"(〈민들레의 영토〉 부분,《민들레의 영토》,
가톨릭출판사, 1976년)로 시작하는 시가 알려지기 시작했다.

이 시는 예비 수녀 시절에 썼다. 나는 점심 식사 전
낮기도 후 베란다에서 체조를 하는데,
어느 해 봄이었다. 아주 좁은 돌 틈에서 얼굴을 내민
민들레 한 송이를 보고 이런 결심을 했다.
'그래, 알았어. 나도 너처럼 인내와 기다림의 삶을
살아볼게. 앉아서도 멀리 가는 사랑의 힘을 믿을게.
푸른 하늘을 향해 기도의 피리를 부는 수도자가 될게.'

이 시가 담긴 나만의 비밀 노트를 간직하는 게
욕심같이 느껴져 어느 날 태우러 나갔는데,
마침 그 자리에 있던 수련자가 태울 거면 자기에게
달라 해서 주었다. 그 후 그는 수도원을 떠났고
더는 그 노트를 만날 수 없었다.

여권 사진

(소중한 보물들)

여권번호
PASSPORT NO.
성 명
NAME
이 명숙
MYUNG - SOOK LEE
(GIVEN NAME) (SURNAME)
(李明淑)
생년월일
DATE OF BIRTH
JUNE 7, 1945
본 적
REGISTERED DOMICILE
KYEONGKI, KOREA
직 업
OCCUPATION
CATHOLIC SISTER
성 별
SEX
여
F
여행목적
PURPOSE OF JOURNEY
TRAINING
신 장
HEIGHT
cm
체 중
WEIGHT
kg
신체특징
VISIBLE PECULIARITIES
NONE
동반자
CHILDREN INCLUDED
성 명
NAME
생년월일
DATE OF BIRTH
관 계
RELATIONSHIP
(GIVEN NAME)
(SURNAME)
성 별 SEX
Sr. Lee Myung Sook
명의인의 서명 SIGNATURE OF BEARER

1970년대 여권 사진에는 여유 없고 긴장한
20대 젊은 날의 내 모습이 있다. 필리핀으로
공부하러 갔을 때 내가 이마를 가린 수건 때문에
땀을 많이 흘려서 나중에는 다른 수건을 썼다.
그 후 머릿수건이 바뀌었다. 젊은 날 나는 새침하고
예민했다. 그러다 수녀원 생활을 하면서 돌멩이가
맑은 물에 닦이고 깎이듯 선하고 순해졌다.

맑은 물에
닦이고
깎이듯

반지

(소중한 보물들)

종신서원 반지와 돌아가신 어머니가 애착하던 꽃 구슬 반지. 양손에 반지를 즐겨 끼던 어머니에게 사람들이 하나만 끼라고 말하면, 어머니는 "준 사람들 기억하며 끼는 거예요"라며 멋쩍게 웃었다. 어머니가 반지 속에 동그란 그리움으로 살아온다.

2007년 9월, 어머니가 돌아가신 후엔 한 번도 소리 내어 운 일이 없어 때때로 눈물이 그립다. 지극히 절제된 울음만 조용히 안으로 삼키다 보니 아무런 체면 없이 큰 소리로 우는 이들이 때론 부럽기도 하다. 생각보다 씩씩하고, 보기보다 덜 까다롭고 담대한 면이 있어 뜻밖이라는 말을 지인에게 듣기도 하는 나. 심지어 어느 후배는 내가 마치 여장부 같은 모습으로 투병하는 것을 보고 놀랐다고 했다.

한 번도 만난 일 없는 이들이 몸과 마음의 고통 혹은 아픔을 내게 이야기한다. 그 종류가 하도 다양해서 나는 간접적으로 많은 인생 공부를 하고 있다. 간혹 누가 날더러 '국민 시인'이라 말하면 대단히 부담스럽지만 '국민 이모' '위로 천사' 같은 말은 마음에 든다. '민들레 어머니'나 '마음의 엄마' 라는 말도 왠지 흐뭇하다. 부족하나마 시로 누군가에게 작은 위로를 건네고, 기도를 멈추지 않는 자그마한 엄마가 되기를 소망한다.

피천득
법정 스님

*

빼꾹새가 노래하는 계절
설거지하며 올려다본 산에서 빼꾹새 소리가 들려온다.
빼꾹빼꾹 우는 게 아니고 노래하는 것일 테지.
"새 이름은 빼꾹새밖에 모르죠?"
불일암에서 나를 마구 놀리던 법정 스님이 생각난다.
수십 종류의 새 이름을 말할 수 있었으나
스님이 무안해할까 모른 척했지.

*

수도 청원기 시절인 1965년 1월,
어느 날에 쓴 일기를 들여다본다.

언제나 가난한 마음으로
별빛을 씹고 바람을 마시면서 사는
마음 착한 '아이'이고만 싶길래요.

*

지금은 무덤 속에 계신 김계옥 베네딕다 수녀님이
1978년 5월 23일 내 서원 10주년에
멋진 글귀를 써주었다.

생활의 흐름을 끊을 때에는
직각으로 명확明確하게 끊어지는
대나무 마디와 같아야 한다.
이것이 가장 중요重要한 기도의 원리原理이리.

*

1982년 8월 20일에 쓴 내 일기를 다시 읽었다.
서강대학교 대학원 입학 소감이 적혀 있었다.

> 대학원 오리엔테이션이 하루 종일 걸리다.
> 아직은 왠지 서먹한 느낌.
> 낯설고 두려운 마음이다.
> 새로 지은 도서실에서
> 열심히 공부하는 학생들의 모습이 기특하다.

*

1982~1984년 서강대학교 대학원 논문을 쓰던 시절,
밤낮으로 복福이란 단어만 묵상했다.

*

1989년 서울 세계성체대회를 앞두고
1988년 나는 준비위원회 신심분과에 파견돼
명동에서 기도문 만드는 일을 했다.
세계성체대회 회보의 첫 필자로 모시고 싶다며
박완서 소설가에게 원고 청탁을 했다.
당시 박완서 소설가의 부군이 편찮았는데,
그녀는 청탁을 거절하지 않고
병실 바닥에서 원고를 써주었다.
그때부터 그녀가 별세할 때까지
우리는 우정을 나눴다.

*

1994년 인도 콜카타에서
마더 테레사 수녀님을 만나고 왔다.

우리가 얼마나 많은 일을 하느냐가 아니고
얼마나 많은 사랑을 실천에 옮기느냐가 더욱 중요하다.
사랑이 참되기 위해서는 그 대가를 치러야 한다.
사랑을 하려면 상처 입고, 자기를 비워내야 한다.
우리가 먼저 기쁘게 살고 그 기쁨을 이웃에게 전하자.

마더 테레사 수녀님의 말씀이 떠오른다.

*

내가 암 투병 중이던 2009년 1월,
이제는 고인이 된 김남조 시인이 편지를 보내왔다.

최악의 역경도 이겨내는,
결코 결코 신앙을 저해받지 않는,
우리 영웅 해인 수녀가 되어주기를 바라고 믿으며.

이 구절을 보고 명랑 투병했던 날이 있었다.

*

2023년 5월 11일,
제26회 가톨릭문학상 수상 소식을 듣고,
"수녀님이 생전에 큰상 한번 받으면 좋겠다"라고 했던
고故 피천득 선생님이 가장 먼저 떠올랐다.
"시인이라고 수도자의 본분을
소홀히 해선 안 된다"라고 강조한 고故 구상 선생님,
"겁먹지 말고 꾸준히 맑은 시를 써야 한다"라며
자주 손편지를 보내주던 고故 김광균 선생님이 그리웠다.
기도 안에서 더 기쁘게 더 고맙게 길을 가는 작은 수녀,
작은 시인이 되겠다고 다짐했다.

*

병실 소임을 맡은 토비아 수녀님이
41년 전 내가 쓴 쪽지를 들고 왔다.
1980년 가을 입회했고 내가 6개월간 담임을 맡았던
지원자 열네 명에게 언젠가 꽃 이름 하나씩 지어주었고,
이 자매가 수련자일 때
그 꽃 이름 기억하며 기쁘게 살라는 메시지를 전했다.

환한 봄날의 환한 복사꽃은
있음 그대로가 웃음이 되어 기쁨이잖니?
그래서 너는 찡그리거나 우울하면 안 되는 거야.
마음이 어둡고 답답할 때마다
'아, 여기가 나의 천국'이란 말을
중얼중얼 해보면 정말 그런 마음이 들 거야.
은총 안에서 더 밝고 힘찬 전진을 계속하길 빌며. (1982년 1월)

*

언제나 만남은 짧고 이별은 길다.

시가 될 사람

내가 수녀가 아닌 다른 길을 걸었다면 내 인생과 문학은 어떤 모양이고 어떤 빛깔을 띠고 있을지 생각해본 적이 있다. 단순히 수녀가 쓴 글이라서 점수를 후하게 준 것일까. 그래서 관심과 조명과 인정을 받은 것일까. 내가 수도원 밖에 있었다면 독자의 사랑을 그리 오래 받지 못했을 거란 동료들의 말이 정말일까.

종교인이란 틀에 갇히면 좋은 시를 못 쓰니 지금이라도 권위 있는 문예지나 일간지에 정식 데뷔해 인정받으라는 선배 문인들의 권유도 더러 받았다. 내 시집들이 베스트셀러 목록에 오르는 일이 거듭되자 나를 문단의 이단아로 취급하며 유명 일간지에 '잘 팔리는 시인'이란 제목의 칼럼을 실은 어느 시인도 기억한다.

1980년대 내 이름이 세상에 알려지며 불법 출판과 음반 제작 등 불미스러운 일이 자주 일어났다. 그때 나는 내가 속한 수도 공동체에 미안한 마음이 커 속이 까맣게 타들었고 얼굴에 기미가 많이 끼기도 했다. 내 이야기를 영화나 연극으로 제작하고 싶다며 찾아오는 이들도 있었고, 수녀원 지원자라 해서 면회실에 나가 보면 인터뷰를 목적으로 찾아온 기자가 앉아 있어 당황한 적도 있었다.

왜 책을 내서 구설에 오르고 이리 마음고생을 하는지
자책하기도 했다. 모든 책을 절판하는 게 좋을까.
생각지도 못한 소용돌이에 휘말리고 싶지 않아
저명한 상일수록 어떤 이유를 대서라도 거부했다.
수상자 후보에서 이름을 빼달라고 부탁한 적도 있다.
어쨌든 문단의 이런저런 평가와 상관없이
나는 독자가 많은 작가로 존재하고 있다.
시를 쓸 거면 국문학을 전공하라고 주위에서 하도
성화를 부려 어렵게 편입한 일도 있었으나,
한 학기를 마친 뒤 종교학으로 전과했다.
이 선택은 여전히 잘한 일이라 생각한다.

어느 날, 내가 이 세상을 떠나면 '민들레, 흰 구름,
흰 나비, 바다를 좋아한 한 수녀가 부산 광안리 어딘가에
해인글방을 차려놓고 시를 쓰며 문서선교를 했지.
종파를 초월해 많은 이와 교류하고 우정을 나누며
사랑을 받았지' 정도로 기억해주면 좋겠다.

노을 진 들녘에서 두 손을 모으고 가만히 하늘을
올려다보는 80대에 가까운 노수녀가, 이제는 예전보다
자유로워진 것 같다. 누가 무어라 하든 스스로 선택한
수도 여정이 행복해 보인다. 시가 무엇인지도 잘 모르면서
수행하듯 꾸준히 시를 쓰다가 그대로 한 편의 시가 될
작은 수녀! 그 수녀가 바로 나였으면 한다.

열 편의 시

부록

입회 60주년에

우리가
수녀원에서
함께 살아온 세월이
어느새 빛나는 보석이 된 거지?
60주년은
다이아몬드로 비유한다지?

밝았던 눈이 침침해지고
제자리서 총명했던 기억도
차츰 가출해
도무지 사람 이름도
물건 이름도
생각 안 나고
첫 글자만 떠올라도
고맙다며 웃는 우리

세상 떠난 친구 수녀
땅에 묻고 온 날
그가 부럽다며
옛이야기로 꽃피운 날

아직은 살아 있음을
고맙게 받아들이는
백발의 수녀들 사이로
하느님이 숨어서
웃고 계시네

어느 날의 일기

한창 젊은 나이에 세상을 떠난
내 옆방 예쁜 수녀의 얼굴이
계속 떠올라 슬픈 요즘

누가 죽어갈 때마다
실은 나도
조금씩 죽어가는 거라는
그런 생각을 해

오늘이 며칠인지
무슨 요일인지
도무지 생각이 안 나니
정말 큰일이야
스스로 한탄하는 친구에게
내가 말했지

작은 죽음을 연습하며
누구나 겪는 일이니
괜찮다 괜찮다 위로하며
웃음을 불러보는 시간
나는 어느새 친구에게 하소연하네

허리가 아파
몸의 중심이 무너지니
일상의 리듬도 깨져 힘들고
머리까지 아프고 결국
온몸이 다 아프다고 하니

일단 오늘은 발부터
따뜻하게 하라는
친구의 말을 듣고
빙긋이 웃어보네
발이 따뜻하면
온몸이 따뜻하니까?

겨울이 지나면 봄이 오듯
오늘의 아픔들도 지나가기를
두 손 모으는 오늘

서로의 아픔을 가만히 헤아리며
조금씩 더 깊어지는
노년의 우정을
나는 오늘따라
더 소중히 안고 싶네

슬픔을 묻고

—비안네 수녀님께

하얀 수도복 입고
두 손 합장하고
나무관 속에 누워 있던
나의 친구 수녀는
절대 침묵 속에
웃을 듯 말 듯한 얼굴로
평온한 잠을 자던 수녀는
항아리 안에 담긴
하얀 재로 내 앞에 있네

불 속에 오래 있어
따듯함이 남아 있는
그를 만지며
나는 이제
너무 슬퍼
울지도 못하네

수녀원 뒷산 묘지에
수녀님을 묻고
우리는 성수를 뿌리고
장미를 뿌리고 돌아서는데
고마워! 하는
낮은 목소리를
나는 분명 들었지요

수녀님의 육신은
한 줌의 재로 사라졌지만
그 미소는 내 안에서
곱디고운 봄날의
제비꽃으로 피고 있어요

봄 일기

제비꽃과 민들레가
좁디좁은 돌 틈에서
나란히 사이좋게
웃고 있는 봄
나도 저렇게 살아야지
힘들어도 힘들지 않게
누구하고나 사이좋게
정을 나누면서
바람에도 기분 좋게
흔들리면서
열심히 살아가는
꽃이 되리라
결심해보는
이토록 눈부신 봄날

그리움

사람을 향한 그리움
자연을 향한 그리움
사물을 향한 그리움
그리고
하느님을 향한 그리움

내 일생을
한마디로 표현한다면
그리움이라 말하고 싶어

이승의 여정을 마치고
마침내 먼 길 떠나는 날

그녀는
그리운 게 많아
그리움을 시로 쓰다
마침내 누군가에게
그리운 존재가 되었다고
그리 말해주는 건 어떨지

일생의 화두가
언제나 그리움이어서
삶이 지루하지 않고
내내 행복할 수 있었다고!

어떤 생각

"나는 문득
외딴 마을의
빈집이 되고 싶다"라고
오십에 시를 쓴 적이 있네

30년이 지난 지금 나는 이제
멀리 외딴곳이 아니라
도심 한복판이나 시장터 언저리에
허름한 집을 얻어
오는 사람 가는 사람
열심히 관찰하고
그들 위해 기도하며
여생을 보내고 싶다

결국 사람들이 사는 곳이
더 중요하다는 걸
거기가 바로 구원의 장소라는 걸
왜 이리 늦게야 아는 것인지

딸기와 포도처럼

많이 아파 병원에 오래 누워
지루하고 답답할 땐
딸기 한 개, 포도 한 알
상상해보는 것만으로도 기쁘다가
누가 실제 들고 와 먹어보라고 하면
얼마나 황홀하던지!
웃고 또 웃다가
스스로 민망해 표정을 바꾸네

입에 넣으면 사르르 녹아내리는
빨간색의 동그란 기쁨
딸기 한 개
매끈거리는 달콤함
포도 한 알

나도 잠시나마 누군가에게
딸기나 포도처럼
작지만 큰 기쁨을 주고 싶다며
두 손 모으는
오늘의 행복이여!

나의 백발에게

어쩌다
거울을 보면
검은색이 더 많더니
이젠 온전히
백발로 뒤덮인
내 머리를 보고
잠시 놀랐지

왠지 미안한 듯
가만히 나를 보고
웃고 있는 백발에게

안녕?
60년의 수도 생활
나랑 같이
견뎌내느라
수고 많았네
인사를 건네보네

사계절의 희로애락이
한 올 한 올 엮여
지금은
지혜의 백발로
빛나는 선물이 된 거라고
승리의 웃음으로
나부끼는 거라고!

죽음 단상

죽음의 세계를
내내 궁금해하며
씩씩하고 의연하게
설명해주던 수녀들이
나보다 먼저 죽었다

죽어서도
날마다 새롭게
말을 건네온다

한 줌의 재가 되어
부서진 노래가 되어
생전에 못다 한 말을
자꾸만 쏟아내니
나는 열심히
듣느라고 바쁘다

언젠가 닥칠
나의 죽음을
누군가가 노래할 그 순간도
조심조심
미리 그려보는데

창밖엔 기도처럼
비가 내리는 오늘

나비에게

나비야
올봄에
제일 처음 보는
나의 노랑나비야
정말 반갑다

잔디밭에 잠시 앉은 너와
아주 잠시만 놀자는데
그리 빨리 달아나면
나는 어떡하니?
할 이야기가 많으니
너무 바삐 떠나지 말고
나와 함께 있어주렴

오랜 세월 잘 지내서
꽃잎이 된 내 일생을
아주 조금만이라도
꼭 이야기해주고 싶으니
내일 다시 오길 기다릴게

나비가 꽃잎인지
꽃잎이 나비인지
분간이 안 돼
한참을 잔디밭에 서 있던
아름다운 봄날